La intriga del funeral inconveniente

Seix Barral Biblioteca Breve

Eduardo Mendoza

La intriga del funeral inconveniente

Seix Barral, un sello editorial de Editorial Planeta, S. A.
Avda. Diagonal, 662-664, 08034 Barcelona (España)
www.seix-barral.es
www.planetadelibros.com

Primera edición: abril de 2026
Segunda impresión: mayo de 2026
Tercera impresión: mayo de 2026
Cuarta impresión: julio de 2026
ISBN: 978-84-322-4974-7
Depósito legal: B. 24.755-2026
Composición: Moelmo, SCP
Impresión y encuadernación: CPI Black Print
Impreso en España

EL FUNERAL

R. V. Barcelona. Ayer tuvo lugar el sepelio de un fulano que apareció asesinado anteayer en su miserable domicilio. El acto tuvo lugar, como queda dicho, en el tanatorio de Sants. Dicho tanatorio dispone de salas de velorio y de dos capillas amplias y muy bien puestas, pero en esta ocasión, dado el bajo nivel económico y moral del interfecto, la ceremonia se celebró en un rincón del parking. Entre los asistentes al mencionado acto se encontraba la hermana del difunto, la cual guardó una actitud compungida hasta que apareció en su móvil un mensaje del supermercado que decía: «Se acabó la hambruna: dos lechugas por el precio de una», momento en el que abandonó precipitadamente el lugar. También estuvo presente un policía jubilado, toda vez que el difunto, en su juventud, había prestado servicios a dicho cuerpo de seguridad y, más tarde y por cuenta propia, había intervenido en la resolución de algún caso. Fue este asistente el único que tomó la palabra para expresar escuetamente el sentir general con la frase:

«Se veía venir». A continuación, el empleado del tanatorio masculló: «Descanse en paz», y de este modo puso fin al sencillo funeral. En el susodicho lugar se encontraba también un individuo enfundado en una gabardina larga, con las solapas subidas, sombrero de ala ancha y gafas de sol. Antes de que diera comienzo el acto, el citado individuo se acercó al empleado del tanatorio y le pidió ver por última vez al difunto, alegando que lo conocía de antiguo, a lo que el ya citado funcionario respondió con cajas destempladas que, una vez cerrada la caja, valga la redundancia, ya no se podía volver a abrir sin una orden judicial. Sin replicar, el individuo se retiró y permaneció un rato en un rincón; luego se fue procurando deambular por las partes más oscuras del recinto.

1

Convocado de urgencia por WhatsApp, por interfono y a grito pelado al despacho del director, Ramoncito Valenzuela fue recibido en el lugar de la convocatoria por dos hombres de similar edad y porte, que competían entre sí en mostrar el semblante más adusto. Azorado, el joven aspirante a reportero habría deseado dirigirse al director del periódico por su nombre, pero, a causa de los nervios, sólo recordaba el apodo que corría por la redacción a espaldas del interesado: don Pufo Colorado. De modo que guardó un respetuoso silencio.

—No te quedes ahí —le dijo don Pufo Colorado—. Entra, cierra la puerta y contesta a lo que te pregunte este señor.

El otro hombre se rascó el mentón mal afeitado, arrugó el entrecejo, carraspeó y se presentó a sí mismo.

—Inspector Aguado. Lo digo por si te suena mi nombre y lo que implica tomarme el pelo. ¿Estamos?

—Sí, señor —dijo Ramoncito Valenzuela.

—Tú escribiste este suelto —afirmó el inspector señalando un periódico abierto sobre la mesa del director.

—Sí, señor —reconoció Ramoncito Valenzuela.

—Entonces podrás responder a una pregunta muy sencilla —continuó el inspector—: ¿Cuánta gente había en ese funeral?

—Tres, según pude constatar —respondió Ramoncito Valenzuela.

—¡Buen periodista estás tú hecho! —exclamó el inspector Aguado con una carcajada seca y muy poco festiva—. Yo cuento tres asistentes al funeral, más el empleado del tanatorio, cuatro; más el difunto, cinco; y tú, seis. ¿Cómo lo ves?

—Tiene usted razón —dijo Ramoncito Valenzuela—. Sin duda cometí un error al no distinguir entre asistentes y presentes.

—A mí eso me importa un bledo —dijo el inspector—. Si has cometido un error, el director te ajustará las cuentas. Yo lo que quiero saber es el nombre de los asistentes, o de los presentes, o de como los quieras llamar en tu jerga periodística. Nombre, profesión y domicilio. Todos menos el tuyo. Ése ya me le tengo sabido.

—No le puedo contestar a eso, inspector —dijo Ramoncito Valenzuela mirando de reojo al director del periódico, por si llegaba alguna ayuda de su parte—. Yo me limité a cubrir el acto, como me habían dicho que hiciera.

—Pues has armado una buena —masculló el inspector.

Y sin decir más, salió del despacho dando un portazo. Al quedarse a solas con el director, Ramoncito Valenzuela dijo:

—Lo siento mucho.

—Tienes motivo —replicó don Pufo Colorado—. Como puedes suponer, no cubrimos todos los entierros. Te mandé a cubrir ese acto porque alguien dijo que se trataba de un homicidio. Y te mandé a ti porque el muerto era un pobre desgraciado. Por lo visto, la intención de la policía era echar tierra al asunto. Ahora tu maldita crónica les ha obligado a investigar y están que trinan. No contra ti, sino contra el periódico. Nuestro deber como periodistas es dar noticias, no plantear incógnitas. Si donde te mandan ves algo de interés para los lectores, lo cuentas. Si no, te lo callas. Por faltar a la primera norma del periodismo ortodoxo me has metido en un buen lío. Y esa norma dice así: lo que no se sabe, se averigua; y lo que no se puede averiguar, no se escribe.

—Gracias, don Pufo, lo tendré muy en cuenta en el futuro —murmuró Ramoncito Valenzuela.

—No habrá futuro —dijo el director del periódico—, porque estás despedido.

El aspirante a periodista se quedó anonadado. Había entrado a trabajar hacía dos días y había puesto en su primer trabajo muchas esperanzas y también muchos temores.

Nacido en el seno de una familia de magros recursos y sin hermanos con quienes compartir la responsabilidad, Ramoncito Valenzuela concentraba sobre su insignificante persona unas expectativas por parte de su padre que él estaba muy lejos de poder colmar. Este chico vale un potosí; dentro de nada nos sacará a todos de pobres, decía su padre a quien le quería escuchar. Esta confianza ciega en vez de ser un estímulo era motivo de constante ansiedad para Ramoncito Valenzuela, que carecía de talento, energía y ambición, era una nulidad para los deportes y sólo con grandes esfuerzos conseguía no ser el último de la clase.

Cuando acabó el bachillerato su padre le dijo:

—Ahora irás a la universidad y serás cardiólogo vascular.

—¿Por qué precisamente cardiólogo vascular? —quiso saber Ramoncito Valenzuela.

—Porque hace poco —dijo su padre— se celebró en Barcelona un congreso de cardiología vascular y a la inauguración acudió nada menos que el rey. Y yo me dije: jopé, estos tíos han de ser la polla. Así que vete preparando para ser cardiólogo vascular.

Como eso suponía hacer la carrera de Medicina, a Ramoncito Valenzuela le venían náuseas sólo de pensarlo, pero no se atrevía a enfrentarse a su padre. Desde pequeño le había oído decir:

—Por darte una buena educación para el día de mañana yo lo he sacrificado todo, hijo mío. Habría podido medrar y ser algo en la vida, pero no lo he sido por ti. También porque soy inepto, holgazán y sinvergüenza, pero sobre todo por ti.

Finalmente decidió plantear el asunto a su madre, que era más ecuánime, más realista y más comprensiva. La madre de Ramoncito Valenzuela se llamaba Gloria y el padre, Canuto.

—Yo no quiero ser cardiólogo, mamá —le dijo—. Lo he pensado mucho y quiero ser periodista. Ya sé que la prensa está de baja, pero es lo que a mí me gusta.

Su madre levantó la mirada del calcetín que estaba zurciendo y suspiró.

—Tu padre es buena persona —dijo con más lealtad que convicción—. Habla con él. No te acerques mucho, por si te arrea. Y ten preparado un plan B.

Siguiendo los consejos de su madre, Ramoncito Valenzuela se enfrentó a su padre y le dijo que quería ser periodista. Su padre le tiró un jarrón a la cabeza y luego trató de persuadirle con razonamientos.

—Tú no vales para periodista —le dijo—. Tú vales para cardiólogo vascular. Y punto.

Por suerte, Ramoncito Valenzuela había preparado un plan B, como le había dicho su madre que hiciera.

—Déjame probar —sugirió—. Si sale mal, volvemos al punto de partida. La Facultad de Medicina no va a cerrar, siempre estamos a tiempo. Y si demuestro valía, me matriculo en la Escuela de Periodismo. Un amigo del cole es hijo del director de un periódico. Hemos hablado del tema y su padre me deja hacer una prueba.

El padre de Ramoncito Valenzuela dio su consentimiento, Ramoncito Valenzuela fue a la redacción del periódico, le encargaron una crónica, lo hizo fatal, como hemos visto, y el director del periódico lo puso en la calle. Ramoncito Valenzuela le suplicó que le diera una segunda oportunidad.

—Me arrepiento de haberte dado una primera —dijo el director del periódico—. Vete y no vuelvas.

Ramoncito Valenzuela tenía diecisiete años, las chicas no le hacían mucho caso y se sentía un fracasado. Como no se atrevía a contar a sus padres lo que había pasado, estuvo fingiendo durante dos días que iba a trabajar al periódico cuando, en realidad, deambulaba sin rumbo por las calles, sumido en el desconcierto. Finalmente, al término del segundo día, se le ocurrió una idea salvadora. Si conseguía averiguar la identidad de los asistentes al funeral, incluida la identidad del muerto y de quien lo había matado, y poner esa información a disposición del dueño del periódico para que éste, a su vez, se la pudiera restregar por la cara al inspector de policía, demostraría ser un buen periodista de investigación y sin duda le readmitirían en el equipo de redacción. Incluso podían ofrecerle un puesto fijo en la plantilla y costearle los estudios.

Para poner en práctica su plan, decidió abordar al empleado del tanatorio que había oficiado las exequias, entre otras cosas, porque era el único al que sabía dónde localizar. De buena mañana se personó en el tanatorio y fue de sala en sala y de capilla en capilla, repartiendo saludos y expresando condolencias, hasta dar con el hombre que buscaba. Aprovechando una pausa entre dos funerales, se le acercó y le dijo que era periodista, que estaba haciendo un reportaje sobre los tanatorios de Barcelona y que, si a él no le importaba, le gustaría hacerle unas preguntas. Mientras hablaba, se daba cuenta de lo inverosímil de su alocución: nadie podía creer que fuera periodista y menos aún que se le hubiera encomendado un reportaje como aquél. Sin embargo, para su sorpresa, el empleado del tanatorio no sólo accedió de inmediato a ser entrevistado, sino que le citó para más tarde, cuando él terminase su jornada laboral, con objeto de disponer de un tiempo ilimitado.

—Venga a mi casa —le dijo tendiéndole una tarjeta de visita—. Allí podremos hablar sin que nadie nos importune.

Ramoncito Valenzuela se alegró tanto del éxito de su gestión, que no se paró a pensar si podía haber un propósito oculto tras la buena disposición de su interlocutor.

2

Francisco de Sales Alibey (descendiente por línea colateral del célebre explorador del mismo nombre) trabajaba en los servicios funerarios y vivía con su mujer y la menor de sus tres hijas en un piso de cien metros cuadrados situado en el plácido barrio de Sants, donde también estaba ubicado el tanatorio, lo que le permitía ir y volver del trabajo caminando. Con su trabajo estaba satisfecho, el piso le resultaba confortable, se llevaba bien con su mujer y le tenía apego al barrio, pero sus hijas, a las que adoraba, le planteaban un problema en apariencia insoluble, que el señor Alibey, secretamente, esperaba resolver con ayuda del joven periodista que aquel mismo día había citado en su propio domicilio.

Francisco de Sales Alibey era hombre de mediana edad y porte erguido, casi marcial. De joven había sido escuálido, con unas facciones afiladas, cabellera indómita y mirada inquieta en unos ojos saltones. Con el paso de los años engordó, sus facciones se redondearon y perdió buena parte del cabello. En la actualidad, cuando sus obligaciones se lo permitían, acudía a un gimnasio municipal, porque consideraba que en el cargo que ocupaba una figura desfondada era intolerable. Por razones parecidas, se había inscrito en un club de lectura en la biblioteca del barrio, situada en el pasaje del Vapor Vell. De carácter sedentario, poco inclinado al estudio y sin una vocación clara, al acabar el bachillerato buscó trabajo en el sereno mar del funcionariado. La coyuntura no era propicia y hubo de conformarse, al menos provisionalmente, con un puesto de auxiliar en los servicios funerarios. Como su situación económica no le permitía ser quisquilloso, se adaptó a las circunstancias, a la espera de encontrar otro empleo más alegre. Entre sus amigos y conocidos, algunos se horrorizaron, otros le compadecieron y no faltaron quienes se burlaban de él y parodiaban las funciones macabras que le adjudicaban en su imaginación, aunque no había tal cosa, porque, como tenía buena planta y buenos modales, le destinaron al mostrador de información del tanatorio de Sants. Allí pasó unos años, atendiendo a un flujo incesante de personas desorientadas y en mayor o menor estado de aflicción. Dos años más tarde una vacante le permitió ascender a la asesoría funeraria. Con el aumento de sueldo pudo casarse con una novia de la adolescencia que había sabido comprenderle e incluso animarle en los áridos inicios de su carrera. De este matrimonio nacieron las hijas que ahora le daban quebraderos de cabeza. En el desempeño de sus nuevas funciones empezó a tratar con hombres y mujeres que acababan de sufrir una pérdida. Su labor era básicamente registral, pero casi siempre debía aconsejar en materia de ceremonial, féretros, flores o música. Por lo general, los interesados se mostraban desorientados e indiferentes a unos detalles materiales que en nada iban a cambiar la triste realidad, pero había que elegir, y el señor Alibey los ayudaba. Sabía que esperaban un trato breve, discreto y eficiente y eso les ofrecía. Se abstenía de expresar condolencias y, con sutiles insinuaciones, procuraba que al planear las exequias no cayeran en arrebatos, frivolidades o estridencias. Seleccionaba varias piezas musicales breves y oportunas y varias frases literalmente lapidarias, que ponía a disposición de los participantes. Abrumados por la pena, casi nadie apreciaba su solicitud, pero algunos elogiaron la amabilidad y la humanidad del empleado que los había atendido y la empresa, al tener noticia de ello, le ascendió al departamento de protocolo. Como tal recibió en su casa al atribulado Ramoncito Valenzuela, con la imperceptible formalidad de quien ha hecho profesión del recibir y el despedir.

Sin apenas darse cuenta de cómo y por dónde, el recién llegado se encontró arrellanado en un sofá, en una sala de estar sobriamente amueblada, con un televisor colgado de la pared y una estantería donde se alternaban libros y objetos de decoración.

—No sé qué ofrecerle —empezó diciendo el dueño de la casa—. Es tarde para tomar un té y pronto para una bebida alcohólica. Tal vez un refresco...

—No se moleste —balbuceó Ramoncito Valenzuela—. Quizá un poco de agua... En realidad, sólo le haré un par de preguntas.

—No, no, de ningún modo —respondió el señor Alibey—. El tema es importante y no se puede despachar así como así. Tengo mucho que contar. Pero es usted quien ha venido a preguntar. Pregunte, joven, pregunte.

Ramoncito Valenzuela no había pensado en una entrevista en toda regla y la buena disposición de su interlocutor lo tenía desconcertado. Para ganar tiempo, decidió volver a su plan original.

—Ante todo, debo decir que le vi oficiar anteayer el funeral de un desconocido, al que, dicho sea de paso, sólo asistieron tres personas. Aparte de usted y yo. Y el muerto, naturalmente —añadió recordando la reprimenda del policía y de su jefe.

—Sé a qué funeral se refiere —dijo el señor Alibey—, aunque oficio varios cada día. Y recuerdo que precisamente en ese que menciona apenas abrí la boca.

—A eso me refiero —dijo Ramoncito Valenzuela—. A su actitud..., ¿cómo le diría?

—Ni aburrida ni obsequiosa —sugirió el señor Alibey.

—Exactamente —dijo Ramoncito Valenzuela.

El señor Alibey hizo una larga pausa y finalmente se encogió de hombros y dijo:

—Bueno, me alegro de que haya reparado en ese caso concreto. Menos es más, como dijo Isaías. Por lo general, improviso un responso, una alocución, ni demasiado breve ni demasiado extensa, sobre la base de los datos que me proporcionan los allegados del difunto. No me precio de ser un gran orador, pero sí de haber llegado a un estilo directo, equidistante por igual de la gazmoñería de algunos y la chocarrería de otros.

—¿Por qué, entonces, el silencio? —quiso saber Ramoncito Valenzuela.

—Nadie me pidió que hablara —respondió el señor Alibey—. Ni nadie se ofreció a hacerlo, salvo aquel hombre tosco y desalmado. Tampoco me facilitaron datos sobre el difunto. Ni siquiera su identidad. Únicamente le pude echar un vistazo y ver que era un hombre de avanzada edad y que, a juzgar por su aspecto, había muerto de manera violenta.

—¿Y la hermana del difunto? ¿No habló con usted? —preguntó Ramoncito Valenzuela.

—No —dijo el señor Alibey—. Entró y se sentó en un banco sin decir nada ni darse a conocer.

Por sus plañidos deduje que era persona próxima al difunto y, al no haber allí nadie más, me dirigí a ella, me presenté y le hice algunas preguntas. Por eso supe el grado de parentesco. En el ejercicio de mis funciones, pregunté si deseaba tomar la palabra en el decurso de la ceremonia o si prefería darme información sobre su difunto hermano para que yo pudiera personalizar el panegírico, a lo que me respondió que su hermano, desde su más tierna infancia, había sido un delincuente habitual, ladrón, traidor, infidente, falso y vil, en suma, un verdadero apache, y que si yo quería decir todo eso, que lo dijera sin restar un ápice. En cuanto a ella, no quería hablar, porque era persona reservada de natural y cuando hablaba en público sólo era para proferir palabrotas y obscenidades, ya que toda la vida había hecho la calle. Yo le pregunté entonces si quería hacerse cargo de las cenizas del difunto y respondió que, si eso no suponía un desembolso, estaba dispuesta a echarlas ella misma a la basura. Le pedí un número de teléfono para avisarla cuando estuviera lista la urna, me lo dio y con esto nos despedimos. Luego vi que se ausentaba a media ceremonia.

—¿Me puede facilitar ese teléfono? —dijo Ramoncito Valenzuela—. La llamaría para pedirle su opinión sobre la ceremonia y, en especial, sobre la persona que la atendió con tanta diligencia.

—Me temo que no puedo dárselo —respondió el señor Alibey—. Es parte del secreto profesional.

Ramoncito se quedó desconcertado ante aquella respuesta. Hasta entonces le parecía que todo iba sobre ruedas.

—¿Y el policía? —preguntó tratando de abrir un nuevo frente.

—No sé nada de él —respondió el señor Alibey—. Y tampoco sé nada del hombre de la gabardina. Se lo digo por si me iba a preguntar, ya que se menciona en una noticia de prensa redactada por un cretino en la que se insinúa que yo respondí de malos modos a dicho personaje, lo cual es falso y ofensivo: yo siempre trato a todo el mundo con la máxima consideración.

Al oír aquello, Ramoncito Valenzuela consideró que ya no iba a obtener más información provechosa y que, dado el giro que tomaba la conversación, era oportuno emprender la retirada.

—No le robaré más tiempo —dijo—. Sus declaraciones han sido de gran utilidad. Más adelante, cuando haya reunido todo el material, me pondré en contacto con usted para ratificar algunos puntos y atar cabos sueltos.

—¡Cómo! —exclamó el señor Alibey—, ¿no va a preguntarme nada más? Tengo mucho que contar acerca del servicio. Algo importante.

Pero Ramoncito Valenzuela ya se había levantado y se dirigía a la salida.

—No, no —iba diciendo—, bastante le he importunado ya. Se lo agradezco mucho. Y no hace falta que me acompañe. Conozco el camino.

Por suerte, la distribución de la vivienda no era tortuosa y encontró la salida sin dificultad. Cerró la puerta, llamó al ascensor y esperó presa de los nervios. El corazón le dio un vuelco al advertir que se abría la puerta de la vivienda que acababa de abandonar y una voz queda le decía:

—¡Eh, tú! ¡Pst!

Sin darle tiempo a reaccionar, una persona salió y se puso a su lado. En la penumbra del rellano vio que se trataba de una chica delgada, rubia, vestida con un chándal de color rosa pálido.

—He oído lo que hablabas con mi padre —le susurró—. Si quieres saber más, espérame mañana en el bar Dumbo, a las diez y cinco. Sé puntual y no hables de esto con nadie o pondrás en peligro la vida de mucha gente.

Dicho lo cual, el misterioso personaje dio media vuelta, volvió a entrar en la vivienda de la familia Alibey y cerró la puerta en el momento en que el ascensor abría las suyas. Ramoncito Valenzuela entró y se fue bastante confuso, pero esperanzado de poder avanzar en su investigación con ayuda de la rubia desconocida.

3

El bar Dumbo está situado en el Paseo de la Bonanova, cerca de la calle Anglí; es un local pequeño, limpio y claro en días soleados, con una barra al fondo y cuatro mesitas. En un lienzo de pared, escrito con pizarrín, se puede leer:

ZUMO DE FRUTA + CRUASÁN SIN GLUTEN + ROOIBOS
6,40 €

En el bar no había nadie cuando llegó Ramoncito Valenzuela un poco antes de la hora convenida. Se sentó en una mesa junto a la ventana, pidió un agua mineral y esperó. A las diez y cuarto entraron en el bar seis chicas de la misma edad y similar apariencia. Todas se agruparon en la barra, menos una, que se dirigió a la mesa ocupada por Ramoncito Valenzuela y se sentó. Ramoncito Valenzuela reconoció de inmediato a la chica que le había citado la víspera, aunque ahora vestía falda gris y suéter blanco y llevaba el pelo recogido en una coleta.

—Toma —dijo ella sin más preámbulo mientras le tendía una hoja de papel donde figuraba escrita una cifra de nueve dígitos—. Es el teléfono que tú querías. Lo he copiado esta misma mañana de la agenda de papá. Al dártelo asumo un gran riesgo, y tú, lo mismo.

—¿Qué tipo de riesgo? —preguntó Ramoncito Valenzuela.

En aquel momento una de las chicas de la barra abandonó su grupo, se acercó a la mesa, colocó en el centro un tazón de *matcha latte* sin decir nada y se reintegró al grupo.

—Un riesgo muy grande —dijo la acompañante de Ramoncito Valenzuela después de beber unos sorbos—. Mi padre pertenece a una organización secreta. Una subsección de la CIA, la KGB, el Mossad, ni ellos mismos lo saben. Reciben órdenes de eliminar a éste o a aquél y, en un plis plas, a tomar viento. Yo creo que mi padre no es de los que eliminan a nadie, pero utiliza su puesto en la funeraria para hacer desaparecer los cuerpos.

—Ah —dijo Ramoncito Valenzuela tras una pausa destinada a asimilar lo que acababa de oír—. ¿Y tú no tienes reparos en delatar a tu propio padre?

—No —dijo ella—, en el contexto de las organizaciones secretas, eso es el pan nuestro de cada día. Ahora, si te detienen y te torturan, no digas que el teléfono te lo he dado yo. Me llamo Gucci, como la tienda de bolsos. ¿Tú cómo te llamas?

—Ramón, pero todo el mundo me llama Ramoncito —respondió él.

—¿Te han dicho alguna vez que tienes cara de pájaro? —dijo ella.

—Anda, y tú de ardilla —replicó el aludido.

La chica guardó silencio, hizo un ademán con la mano para indicar que cambiaba de tema y dijo:

—¿Todavía vives con tus padres?

—Sí —respondió él.

—¿Y coche?, ¿tienes? —preguntó la chica.

—No —dijo él—, ni carné de conducir. Hasta el año que viene.

—Bueno —dijo ella—, ya buscaremos algún sitio. Dame tu móvil para que te pueda llamar. Ahora nos hemos de ir —añadió cuando hubo anotado el teléfono de Ramoncito Valenzuela en su móvil—. Hemos salido sin permiso y hemos de estar de vuelta antes de que se acabe el recreo.

Hizo una seña a sus compañeras y las seis abandonaron el bar precipitadamente. Al pasar junto a la mesa que ocupaba Ramoncito Valenzuela, le miraban de soslayo y se reían. Cuando el local volvió a quedar desierto, Ramoncito Valenzuela sacó su móvil y marcó el número de teléfono que figuraba en el papel. Al tercer timbrazo respondió una voz de mujer, aguardentosa y titubeante.

—Disculpe que la moleste —dijo Ramoncito Valenzuela—. Estuve en el funeral de su difunto hermano. No tuve el gusto de conocerle, pero me han encargado un reportaje sobre su persona y actividades y, si no le es molestia, me gustaría hablar con usted.

—Faltaría más —dijo ella con prontitud.

Le dio unas señas, le dijo que le esperaba aquella misma tarde y colgó. Ramoncito no podía creer en su suerte. Se acabó el agua mineral, pidió la cuenta y comprobó que le habían cargado las consumiciones de las seis chicas.

4

Cuando finalmente el idiota de su marido estiró la pata, la pobre Cándida creyó llegado el momento de disfrutar de una vejez tranquila y desahogada, en su minúsculo piso, con una exigua pensión de viudedad. Pero apenas transcurridos dos días del entierro, se personaron allí cuatro harpías que alegaban ser, cada una de ellas, la legítima esposa del difunto, ora esgrimiendo unos libros de familia, unos certificados matrimoniales y unas actas notariales de muy dudosa autenticidad, ora mediante gritos desaforados y desplantes bravíos, para, acto seguido, apoderarse del poco dinero y de los artículos de ínfimo valor que había en la vivienda, así como de un televisor en blanco y negro, varios electrodomésticos, la vajilla, la cubertería, la ropa de cama y las lámparas. Y como sea que el reparto del pillaje provocara altercados entre las cuatro presuntas herederas, acudió la policía, alertada por los vecinos, y se llevó a las cinco al juzgado de guardia. Allí la pobre Cándida pudo demostrar no haber participado en la trifulca, pero las diligencias a que el suceso dio lugar pusieron de manifiesto que tampoco su matrimonio era válido, que toda su vida había sido una cadena de infracciones, especialmente por omisión, y que debía una fortuna a Hacienda. Por todo ello fue procesada y aplastada por el peso inmisericorde de la ley: durante la vista oral, los magistrados se ensañaron con ella: la amenazaban, la llamaban gorrina y vaca vieja y de cuando en cuando abandonaban el estrado y se acercaban al banquillo para propinarle pescozones y puntapiés. Ahora, a la espera de la sentencia, la pobre Cándida recibía a Ramoncito Valenzuela en un piso frío, sin muebles ni enseres. Con muchos arrumacos le hizo sentar en una caja de cartón recogida en la calle, se puso en cuclillas con la espalda contra la pared y empezó a hablar en estos términos:

—Mi hermano, que Dios tenga en su gloria, fue el criminal más sangriento y malvado que han conocido los tiempos. Hasta el mismísimo coco se echaba a temblar al oír su nombre. Yo le puedo contar un sinfín de fechorías a cuál más escalofriante. Con ellas usted puede escribir una crónica sensacionalista y, con sólo un poco más de trabajo, el guion de una serie. Yo calculo que la historia daría para siete temporadas, por lo menos. Con un reparto de lujo, actores conocidos; a bote pronto, se me ocurren Arturo Fernández y Lolita Sevilla. Yo misma estaría dispuesta a hacer un papelito. Como no tengo experiencia ante las cámaras, podría hacer de actriz revelación.

Ramoncito Valenzuela no sabía de qué le estaba hablando aquella estantigua ni quiénes eran aquellos actores famosos.

—Señora, yo sólo quiero complementar la crónica del funeral —dijo a media voz.

—¡Cómo! —exclamó ella—. ¿No me van a pagar por la exclusiva?

Antes de que Ramoncito Valenzuela pudiera responder, la pobre Cándida se echó a llorar.

—¡Ni cuando tengo suerte tengo suerte! —exclamó—. Yo creía que venía usted con los bolsillos llenos. Ahora, dígame, ¿de qué voy a comer?

—Caramba, señora —dijo Ramoncito Valenzuela—, lamento el malentendido. Y no se me ocurre cómo poner remedio a su situación. Pero, ya que estoy aquí, ¿por qué no me cuenta algo sobre su hermano?

—Ay —dijo la pobre Cándida—, bien poco le puedo contar. Yo me había preparado unas historias como de película violenta, para la serie y todo eso, pero, en verdad, mi hermano era un pelagatos. Como delincuente nunca consiguió robar ni un par de calcetines en unas rebajas. Toda la vida no hizo más que crearme problemas y darme disgustos. Confiaba en sacarle algún rendimiento después de muerto, pero ni así.

—No le subestime —dijo Ramoncito Valenzuela—. Algo debió de hacer para que lo asesinaran.

La pobre Cándida se quedó pensando un rato y luego, para demostrar que había entendido el argumento esgrimido por su interlocutor, esbozó una sonrisa bobalicona.

—Está bien visto —dijo—. A mí nunca se me habría ocurrido. Por eso no soy periodista. Pero si hizo algo gordo, a mí no me lo contó. Y no sabemos si fue un asesinato con todas las de la ley. A lo mejor fue un accidente, como caerse por las escaleras. Mi hermano, además de tonto, era muy torpe.

—No, no, si no hubiera sido un homicidio, la policía no habría ido al funeral —le hizo ver Ramoncito Valenzuela—. Y en el funeral no sólo había un representante de la ley, sino que la policía agarró un cabreo de miedo cuando hice constar su asistencia en mi crónica.

—Bah, no le dé mucha importancia —replicó la pobre Cándida—. Ese policía es otro donnadie. Mientras estuvo en activo, con la chapa y la pistola, el más fardón. Pero ahora, jubilado y achacoso, un cero a la izquierda. Eso sí, si puede hacer la cusca, no se priva.

—Entonces, ¿le conoce usted? —dijo Ramoncito Valenzuela.

—¡Jobar!, ¿y quién no? —exclamó la pobre Cándida—. En sus buenos tiempos le conocíamos todos, bien a nuestro pesar. Cuando digo todos, me vengo a referir a los de mi gremio: carteristas, descuideros, timadores, peristas, galafates, filateros, cortabolsas, chulos, bigardos y, huelga decirlo, las que hacíamos la calle.

—¿Cómo se llamaba? —preguntó Ramoncito Valenzuela.

—De mil maneras —respondió con un mohín la pobre Cándida—. Ya sabe la copla: con lo que quieran llamarme me tengo que conformar.

—No sé de qué me habla —dijo Ramoncito Valenzuela con impaciencia—. Yo le pregunto el nombre del policía.

—Oh —suspiró la pobre Cándida—. Pues no me acuerdo, la verdad. De eso hace mucho y la memoria nunca fue mi fuerte. Ni la inteligencia. Voluntariosa sí era. Al policía le llamábamos el Tigre Malo. A sus espaldas, claro. Y ya se puede figurar la causa.

—¿Sabe su domicilio? O el número de su móvil —preguntó esperanzado Ramoncito Valenzuela.

—No estábamos en estos términos —respondió la pobre Cándida—. Si tanto interés tiene en localizarle, pregunte en Jefatura. Alguien quedará que se acuerde de él. Pero vaya con tiento, porque oí decir que había acabado mal. Y, sobre todo, no diga que yo le he puesto sobre sus pasos.

—Cuente con mi discreción —dijo Ramoncito Valenzuela—. Y, antes de irme, una última pregunta. En el funeral, aparte de usted, el policía y yo, había otro asistente. ¿Sabe de quién se podía tratar?

—No —dijo la pobre Cándida—. Si había alguien más, yo no le vi. Soy un poco cegata y nunca llevo gafas en público, por coquetería. Sólo las uso para leer, y como soy analfabeta, pues no tengo gafas.

Ramoncito Valenzuela dio las gracias a Cándida por su tiempo y su información y antes de salir dejó sobre la caja de cartón una hoja de papel donde garrapateó su nombre y su teléfono, por si Cándida recordaba alguna cosa y se la quería contar.

5

El exinspector de policía Juan Ignacio Rodríguez Jarana, en otros tiempos apodado el Tigre Malo, iba del salón a la alcoba y de la alcoba al salón en actitud pensativa. La causa de este peregrinar ocupaba un lugar preferente en un enorme armario de madera oscura, ante cuyas puertas, abiertas de par en par, el exinspector Rodríguez Jarana se detenía unos instantes, ladeaba la cabeza, entrecerraba los párpados, exhalaba un suspiro, enderezaba la cabeza, daba media vuelta y desandaba lo andado y regresaba al salón para, al cabo de muy poco, repetir la maniobra. De la alcoba al salón y del salón a la alcoba el trayecto no era breve: el exinspector Rodríguez Jarana vivía solo en un piso de trescientos metros cuadrados, techo alto y dos balcones que daban sobre la calle Rocafort, cerca de la Gran Vía, una mansión que se podía permitir pese a su modesta pensión y sus exiguos ahorros gracias a un contrato de alquiler de renta fija y duración ilimitada, firmado mediante extorsión varias décadas atrás, lo que convertía la vivienda del exinspector Rodríguez Jarana en un bastión contra los envites de la inflación, la carestía de la vivienda y las fluctuaciones del mercado. Por sus dimensiones, el piso era oscuro y una instalación eléctrica antigua, que no permitía excesos lumínicos, y un mobiliario pesado y barroco, heredado de sus antepasados, creaban una atmósfera inhóspita, un punto tenebrosa. Todo lo cual al exinspector Rodríguez Jarana le daba lo mismo. No así el objeto de sus reflexiones, en cuya contemplación estaba cuando sonó el móvil en el bolsillo de la bata que llevaba sobre el pijama, pese a ser ya la hora del mediodía.

Al responder a la llamada le sorprendió ver una cara conocida en la pantalla. La explicación le llegó de inmediato.

—Como nos vemos, no hemos de dar nombres. Y para afirmar o negar, sólo has de mover la cabeza de arriba abajo o de lado a lado. ¿Lo has entendido?

—Sí, don Basilio —respondió el exinspector.

—Joder, Jarana, ¿hablo en chino? —exclamó su interlocutor—. Nada de nombres. Hoy en día toda precaución es poca. Tú dices tal y cual y al día siguiente sale transcrito en un periódico.

—No se sulfure, don Basilio —dijo el exinspector—. No volverá a pasar. ¿Y el motivo de la llamada?

—Echarte una bronca, joder —dijo don Basilio—. ¿Cómo se te ocurrió ir al funeral de quien tú sabes?

—Lo hice para ver si todo estaba en orden —respondió el exinspector Rodríguez Jarana—. Y pasar lista a los asistentes.

—Uno de los cuales eras tú, borrico —dijo don Basilio—. Y encima subes al escenario y echas una homilía.

—Escueta, don Basilio, pierda usted cuidado —matizó el exinspector—. No lo tenía previsto, pero el encargado del tanatorio me lo pidió encarecidamente. La hermana del muerto se había negado y no había nadie más.

—Pues ese nadie más era un periodista —dijo don Basilio—. Al día siguiente publicó la crónica, dijo que el muerto había sido asesinado y ahora tenemos un marrón. Para empezar, la policía ha tenido que tomar cartas en el asunto. Y, por si fuera poco, el periodista se ha presentado en Jefatura para pedir tus señas. Te quiere hacer unas preguntas. Le han dado tu dirección, o sea que vete vistiendo porque está al caer.

—¿Le han dicho dónde vivo? —exclamó el exinspector.

—¡Qué remedio! —dijo don Basilio—. Con la prensa, ya sabes: pies de plomo. Tú la has armado, tú la arreglas. Y no se te ocurra insultarle o amenazarle y menos darle un guantazo. Con amabilidad te lo quitas de encima sin decir nada y te aseguras de que no siga preguntando. Date prisa, que no te encuentre hecho un perdis. ¿Dónde estás?

—En el vestidor, don Basilio —respondió el exinspector Rodríguez Jarana—, para servirle.

—¿Y qué es eso que veo en el armario? —preguntó don Basilio.

El exinspector Rodríguez Jarana titubeó antes de responder:

—Nada, don Basilio. Ropa de casa.

—Pues se la ve muy chillona —comentó don Basilio.

—La compré en unas rebajas —dijo el exinspector—. No quedaba otra cosa.

Mientras daba esta información, el exinspector cerró las puertas del armario.

—Tendrías que casarte, Jarana —dijo don Basilio en un tono entre festivo y paternal—. Se te ha pasado el arroz, pero nunca es tarde. Te buscas una jovencita entrada en carnes y sin papeles, le ofreces legalizar su situación, comida caliente y un buen piso y habrá cola. Venga, ponte guapo y cuando venga ese mindundi no te dejes llevar por el genio, que te conozco. Ah, y nada de nombres.

—Descuide, don Basilio —dijo el exinspector—. Siempre a las órdenes de usted.

6

—En efecto, joven, en efecto —dijo el exinspector Rodríguez Jarana juntando las manos y acercándolas al mentón en una actitud a la vez apocada y reflexiva—, fui a ese funeral, pero no por un motivo particular o concreto. En su momento supe por casualidad de la muerte de aquel sujeto, con el que recuerdo vagamente haber tenido un trato esporádico hace mucho, cuando yo todavía estaba en activo, y, dadas las características de dicho sujeto, imaginé que muy poca gente, por no decir nadie, acudiría a darle el último adiós, de modo que, no teniendo mejor cosa que hacer, acudí al tanatorio.

Ramoncito Valenzuela tomaba notas sin dejar de lanzar miradas a su alrededor. Estaba contento por el inesperado éxito de sus pesquisas: allí donde llamaba, era recibido de inmediato con amabilidad. Ahora, en casa del exinspector Rodríguez

Jarana, se esforzaba por anteponer la satisfacción al desasosiego que le producían la persona y su entorno. A la escasa luz de una pesada lámpara de hierro suspendida del techo por una cadena y con la mitad de las bombillas fundidas, la figura de su interlocutor, alta, enjuta, de tez pálida, párpados entrecerrados y sonrisa torcida, le recordaba las películas de vampiros que en su infancia le habían quitado el sueño. El resto de la vivienda estaba en tinieblas y del fondo de un pasillo llegaba a la sala el aroma de col hervida que según algunos constituye el núcleo de los agujeros negros.

—Hábleme del difunto, si es tan amable —sugirió.

—Poco te puedo decir —murmuró con aire compungido el exinspector—. En términos generales, un caso típico: orígenes humildes, familia desestructurada, ausencia absoluta de disciplina intelectual y de formación moral, desidia..., ¿predestinado a delinquir? No seré yo quien lo diga. Pero sí proclive a cometer actos repugnantes con placer y tesón. En su momento, y más allá del estricto cumplimiento de mi deber, yo traté de ayudarle. Le mostré el buen camino. No sirvió de nada. Acabó internado en un centro psiquiátrico, donde buenos médicos hicieron cuanto pudieron por enderezar sus pasos. Ahí le perdí la pista. Creo que salió cuando cerraron el centro, que anduvo malviviendo de varios trabajos infamantes. Hasta trabajó en una peluquería de señoras; no se puede caer más bajo. Finalmente, acabó como ya sabes: muerto y bien muerto de muerte violenta.

—¿Quién le mató? —quiso saber Ramoncito Valenzuela.

—Lo ignoro —respondió el exinspector—. Si la policía conoce la identidad del causante, no se ha hecho pública y yo estoy retirado. Insisto en lo que dije al principio: si acudí al sepelio, lo hice movido por la compasión. Yo soy así. Compasivo, pero no mojigato. Me preocupo por los demás; lo hice cuando estuve en activo y lo sigo haciendo ahora, en la medida de mis posibilidades. No lo puedo evitar: me viene de herencia. Verás, mi madre se crio en un pueblo de Aragón que cayó en el bando equivocado cuando se produjo el glorioso alzamiento nacional, ya sabes a lo que me refiero.

—No exactamente —confesó Ramoncito Valenzuela.

—Da lo mismo —prosiguió el exinspector, a quien no le gustaban las interrupciones cuando estaba en el uso de la palabra—. En los albores de la contienda, un convento de monjas aledaño al pueblo fue asaltado por la horda roja. ¿Sabes lo que es la horda roja?

—¿Unas hormigas?

—No —dijo el exinspector—, un hatajo de hombres y mujeres de mala entraña. Y esa horda, como te venía diciendo, asaltó el convento con intención de cometer todo tipo de atropellos. Por fortuna, las monjas habían sido precavidas y se habían escapado a tiempo. Enfurecidos al verse privados de unas víctimas tan suculentas, los asaltantes se apoderaron de cuantos objetos de valor pudieron arramblar, rompieron todo lo demás, prendieron fuego al convento y se fueron a cometer nuevas y más violentas tropelías. Entonces mi madre, que aún era una niña, con riesgo de su vida, entró en el convento... Sin motivo aparente porque mi madre nunca fue una beata; ni siquiera era persona religiosa; yo diría que era una mezcla de budista y baturra, por decir algo; pero recta de proceder y muy valiente. Conque entró en el convento y consiguió rescatar de las llamas una casulla y un cuadro de cierto valor artístico. Se llevó las dos cosas a su casa y, aún con mayor riesgo de su vida, las tuvo escondidas mientras duró la guerra y, acabada ésta, las conservó como parte del patrimonio familiar. Cuando falleció, yo heredé ambos objetos. La casulla estaba apolillada, desteñida y acartonada. La eché a la basura. El cuadro, en cambio, estaba intacto. Renegrido a causa del incendio y muy sucio por llevar tantos años en el fondo de un armario. Pero su valor, lejos de disminuir, había aumentado. O así lo creía yo, porque lo llevé al Museo Nacional de Arte de Cataluña, pensando que me pagarían por él una pasta gansa y me dijeron que no les interesaba para nada.

El exinspector guardó un breve silencio para dar a su interlocutor ocasión de hacer un comentario adecuado a la historia que acababa de relatar, y Ramoncito Valenzuela lo aprovechó para proseguir su interrogatorio.

—Al menos se sabrá la causa de su muerte —dijo—: arma de fuego, arma blanca, estrangulamiento, veneno en la comida, un áspid en la cama...

—Si bien cualquiera de estos métodos es factible, ninguno me consta —respondió el exinspector con irritación—. Y, como te iba diciendo, ni siquiera el director del museo tuvo la gentileza de recibirme: una simple conservadora me explicó con desgana que el cuadro estaba en muy mal estado y que, aun impoluto, tampoco les habría interesado. ¿Qué te parece?

—En el funeral —dijo Ramoncito Valenzuela—, además de usted y la hermana del muerto, había un tercer individuo. ¿Lo recuerda?

—No —dijo el exinspector—. Si alguien más había, no me fijé.

—Pidió ver al difunto —dijo Ramoncito Valenzuela.

—Quizá para ver si estaba en un funeral equivocado, como seguramente era el caso —apuntó el exinspector—. En un tanatorio se celebran varias ceremonias a la vez y es fácil confundir la sala, la capilla... El cuadro, por otra parte, es una obra valiosa. El hollín impide ver la firma, e incluso la pintura, pero me consta su valía. Algunos lo atribuyen a Sorolla; otros, a la escuela de Olot; otros, a Sorolla, cuando hacía las prácticas en Olot. ¿Tú conoces la escuela de Olot?

—A Olot he ido un par de veces —dijo Ramoncito Valenzuela—, pero no visité ninguna escuela.

—Ya lo suponía —dijo con desdén el exinspector—. La escuela de Olot es una corriente artística que aúna técnica impecable con asunto trascendente; lo regional y lo divino: paisajes umbríos, mansos rebaños y homúnculos en éxtasis. Todo lo cual debería haber interesado al Museo Nacional de Arte de Cataluña. Pero no fue así. Estas cosas no interesan al turista ni al público joven. Por supuesto, no renuncio a colocar esta obra donde le corresponde, es decir, donde el pueblo la pueda disfrutar y recibir un input moral. Yo, sin embargo, no puedo hacer las gestiones necesarias. En una época no lejana ostenté un cargo público y no estaría bien que ahora fuera llamando de puerta en puerta, como un vendedor a domicilio. Necesito que alguien me ayude, pero no sé quién.

Ramoncito Valenzuela no escuchaba: ni se daba por aludido ni entendía las lamentaciones del exinspector y, de haberlas entendido, tampoco le habrían interesado. El exinspector advirtió que su perorata caía en saco roto y sus intentos no surtían efecto. Pero no se había ganado el sobrenombre de el Tigre Malo por dejar escapar una presa a la que había clavado sus afiladas garras.

Apenas Ramoncito Valenzuela se hubo ido, el exinspector hizo una llamada.

—Disculpe la molestia de nuevo, don Basilio —dijo el exinspector—. No le llamo con imagen para que no nos vean el careto si nos interceptan: así no sabrán quién es quién. Sólo es para comentarle la visita del periodista que me enviaron de Jefatura. Ya se fue. Hablamos un poco y le di largas. Me lo podía haber quitado de encima, como usted sugirió acertadamente, pero me pareció más astuto no perder el contacto y mantenerlo cerca. Lo envié a vender un cuadro que tenía por casa. Lo encontré en un armario cuando me mudé. Feo, falso y más sucio que el culo de Satanás. A cambio de sus servicios le vine a prometer cierta información reservada. Humo de pajas, don Basilio. Con esta artimaña lo tenemos alejado del caso y entretenido y no lo perdemos de vista. Nos conviene saber qué sabe, cómo lo ha sabido y cómo lo podemos aprovechar. Y si la cosa se tuerce, siempre estamos a tiempo de pensar un plan B.

Hizo una pausa y, ante el silencio de su interlocutor, añadió:

—No hace falta que diga nada, don Basilio. Callar no compromete y yo de su silencio infiero que da el visto bueno a mi propuesta. No le defraudaré. El tigre viejo pierde los dientes, pero no el instinto. Y salude de mi parte a su señora con todo respeto.

7

El palacio episcopal de Barcelona es de origen remoto, pero el edificio actual es el resultado de sucesivas adiciones y sustracciones. El principal promotor fue el obispo Arnau de Gurb, que hacia 1253 engrandeció la construcción original y le agregó la capilla de Santa Lucía, donde está enterrado. El resto fue ampliado en varias épocas en el estilo correspondiente a cada una de ellas. El conjunto es ecléctico pero armonioso y da testimonio de la importancia de la institución que alberga.

La Plaza Nueva, donde se ubica el palacio episcopal, linda con la Catedral y da entrada al barrio Gótico, por lo que está abarrotada de turistas a todas horas. El palacio episcopal no está abierto al público, salvo en contadas ocasiones, pero su noble apariencia inevitablemente atrae a los forasteros. En los inicios de la tendencia alguien consiguió hacerse un selfi con el obispo, bien por haberle pillado desprevenido, bien abusando de su buena fe. Luego lo colgó en Instagram y ahora eran muchos los que querían adjudicarse el mismo mérito. Por este motivo en la puerta del palacio había dos guardias apostados.

Ramoncito Valenzuela dio su nombre y, tras una breve consulta telefónica, fue admitido en un reducido zaguán de paredes desnudas, tenuemente alumbrado por unos apliques que proyectaban luz hacia el techo. Otra puerta de arco de medio punto comunicaba el zaguán con el patio del palacio. Al cabo de un rato se abrió la puerta interior y desde el umbral una figura le indicó por señas que le siguiera.

Lo primero que llamó su atención, como le ocurre a cualquiera que visita el palacio episcopal por primera vez, fue el magnífico patio y una amplia escalera sustentada por arcos góticos que asciende hasta el segundo piso. Por esta escalera una hilera de prelados vetustos y achacosos subía y bajaba en una ininterrumpida procesión que recordaba el bíblico sueño de Jacob.

Su acompañante no le dejó contemplar la escena. Con ademán imperioso le hizo entrar por una portezuela del piso inferior. Allí un largo corredor los llevó a la antesala de un suntuoso despacho, donde se le ordenó esperar.

A solas, para calmar su nerviosismo, Ramoncito Valenzuela recorría la pieza. El mobiliario era antiguo y desgastado por el uso. La tapicería de las butacas estaba raída en los asientos y los brazos. Excavada en una de las paredes había una hornacina protegida por un cristal y en su interior, la cabeza disecada de un papú, obsequio de un misionero, según rezaba la chapa de latón clavada en la base de la peana. Sobre una mesa había una carpeta grande y negra, con una etiqueta que decía: DOCUMENTACIÓN CONCERNIENTE AL PROCESO DE BEATIFICACIÓN DE LA PATUM DE BERGA.

Dudaba si abrir la carpeta y echar una ojeada a su contenido cuando se abrió la puerta del despacho y entró un sacerdote de mediana edad, pelo cano y tez sonrosada, que se presentó como monseñor Gorostiza, miembro de la Comisión Episcopal para la Evangelización, Catequesis y Catecumenado en la diócesis de Barcelona. Escuchó la propuesta de Ramoncito Valenzuela y guardó un silencio reflexivo. Luego sus facciones adoptaron una expresión ambigua, reservada a las altas jerarquías eclesiásticas, y dijo:

—Agradezco mucho tu gestión, y daré debida cuenta de ella a quien corresponda. Sin embargo, ya te puedo anticipar que la respuesta a tu oferta será un rotundo no. Así se lo puedes decir a quien te envía. Ahora bien —añadió de inmediato—, no te puedes ir con una idea equivocada: la Iglesia siempre ha sido promotora, patrona y mecenas del arte: desde la Capilla Sixtina a los humildes *christmas* navideños, la religión es el cauce por donde el arte discurre y alcanza su máximo esplendor. Pero a cada época le corresponde una forma de actuar y en los tiempos actuales no estaría bien visto que la Iglesia se inmiscuyera en el mundo del arte o pujara en Sotheby's. ¿Me sigues?

—No, señor —dijo Ramoncito Valenzuela.

El prelado sonrió con benevolencia y dijo:

—Te pondré un ejemplo para que lo entiendas. Durante siglos, la Iglesia envió misioneros al Extremo Oriente para sembrar en aquellas remotas tierras la semilla de la verdadera fe. Con resultados poco satisfactorios. Los japoneses son de natural reacios a todo cuanto viene del extranjero, por lo cual, apenas un misionero ponía el pie en su país, lo liquidaban. Ya sabes cómo eran de hábiles con la catana: sacar, tajar y envainar en un abrir y cerrar de ojos. De este modo, muchos mártires alcanzaron la gloria. Hoy en día, las cosas han cambiado y con ellas el método de penetración: el año pasado, y cito una información aparecida en el *Financial Times*, la Santa Sede firmó un acuerdo con la casa Toyota, en virtud del cual un uno por ciento de los vehículos sale de fábrica con la medalla de san Cristóbal en el salpicadero. Si tienes en cuenta el volumen de exportación de esta marca de automóviles, verás que es un paso de gigante. Y una prueba más de la resiliencia apostólica. ¿Lo has entendido ahora?

—No, señor —dijo Ramoncito Valenzuela, que no había entendido el cortés rechazo del prelado—. Pero el cuadro es muy bueno. De una de las mejores escuelas de Olot. Un ejemplar único: el resto pereció en un incendio provocado. Se titula *El beato Pascual de Monflorite comparte su merienda con unos leprosos.* Vea la foto.

Sacó el móvil del bolsillo y mostró al prelado una fotografía en la que se veía un rectángulo negro enmarcado. Monseñor Gorostiza abrió los brazos y miró al techo. La conversación se habría prolongado si en aquel mismo momento el móvil que sostenía Ramoncito Valenzuela no hubiera empezado a emitir un sonsonete.

—Contesta, contesta —dijo el prelado.

Con este consentimiento, Ramoncito Valenzuela respondió a la llamada de un número desconocido.

—Hola, Ramoncito —dijo una voz cantarina—, ya sé que te acuerdas de mí. Soy Gucci. Si quieres continuar lo que hablamos ayer en el bar Dumbo, tengo un rato esta tarde a partir de las seis y cinco.

—Vale —dijo Ramoncito Valenzuela—, ¿cómo quedamos?

—Delante de Santa María del Mar —dijo ella—. Luego iremos a un bar en la calle de las Moscas. Vigila que no te siga nadie. En asuntos de este tipo, toda precaución es poca. ¿Estás solo?

—No —dijo él—, con una persona, pero es de confianza.

—En nuestro mundo no lo es nadie —dijo ella—. Hasta luego.

Ramoncito Valenzuela se guardó el móvil en el bolsillo y miró al prelado con desconcierto: la conversación le había hecho olvidar el motivo de su presencia en el suntuoso aposento del palacio episcopal. Monseñor Gorostiza seguía sonriendo con más generosidad que buen humor.

—Era una chica —se sintió obligado a explicar—. Me ha citado esta tarde.

—Tú sabrás lo que te conviene —dijo el prelado, dispuesto a no claudicar de su pragmatismo.

8

Al señor Alibey su esposa lo tenía frito con sus reconvenciones:

—Francisco, se nos va a echar encima el verano y el aire acondicionado no funciona. Hace ruido, pero no enfría. Quedamos en que lo cambiaríamos antes de que llegaran los calores.

—Si no lo he hecho ya no es por incuria —respondió él—. Nos prometieron un incremento salarial a partir de marzo con efectos retroactivos y la semana pasada nos dijeron que nones. Con la inflación, se han disparado los gastos.

—Y a ti te parece bien —dijo ella—. Como vas de traje y corbata, te has pasado al bando de los explotadores.

—¿Y qué quieres que haga? —dijo él—, ¿la revolución? Las cosas no se arreglan con quejas y lamentos.

—Dímelo a mí —dijo la esposa del señor Alibey.

—Hay otras prioridades —dijo el señor Alibey—. La educación de la nena se nos come todo lo que teníamos para otros gastos. Pero en algún momento sacaré adelante mi proyecto. Si ese periodista no se hubiera ido con tanta precipitación...

—Ay, Francisco —dijo su esposa—, ¿cuántos años llevas con este proyecto?

El señor Alibey se disponía a responder que no se ganó Zamora en una hora cuando una llamada del interfono interrumpió el reiterativo diálogo matrimonial. Mientras su esposa se quitaba el delantal y recomponía ropa y peinado, el señor Alibey preguntó quién llamaba y con qué objeto. Una voz cascada dijo ser el exinspector Rodríguez Jarana, interesado en hacer unas preguntas de puro trámite. El señor Alibey pulsó el botón de acceso y aguardó en la puerta al visitante, ante quien dio exageradas muestras de deferencia.

—¿Viene por algo de mis hijas? —preguntó con un hilo de voz.

El exinspector, que no sabía a qué se refería su interlocutor, entró en el recibidor envuelto en un silencio conminatorio y dijo:

—Responderé a cuanto desee preguntar en la medida de mis conocimientos, pero, por cuestión de metodología, permítame que sea yo el que pregunte. Antes, sin embargo, y como en las series de televisión, le cantaré sus derechos. Como no estoy de servicio, lo que diga no tendrá validez ni en pro ni en contra. Puede pedir un abogado, pero no le servirá de nada y le costará un ojo de la cara.

La esposa del señor Alibey intervino en este punto:

—Por favor, pase, siéntese y quítese la americana si lo desea. Se nos ha estropeado la refrigeración y usted parece sofocado.

El exinspector se sentó con un gruñido, pero se dejó puesta la americana. En la casa no hacía calor y, de todos modos, no quería dejar a la vista la pistola.

—Señor Alibey —empezó diciendo en tono neutro—, anteayer ofició usted un funeral, ¿no es cierto?

—Sólo a medias —respondió el interrogado—. Anteayer no ofició un funeral, sino varios. Pertenezco a la plantilla del tanatorio y participo en tantas ceremonias como caben en mi horario de trabajo. Y también en función de la demanda. Unos días son mejores que otros, en términos de negocio.

—Yo me refiero al de un fiambre a cuyo gorigori asistimos cuatro gatos, contándole a usted —insistió el exinspector—. El muerto había sido previamente asesinado.

—La causa de los fallecimientos no es de mi competencia, ni estoy autorizado a hacer distingos —dijo fríamente el señor Alibey, que había recobrado su habitual aplomo al ver que su hija quedaba al margen del asunto—. Pero recuerdo el sepelio en cuestión, porque vino alguien previamente a interesarse por él. Y me adelanto a decirle lo mismo que a su predecesor: no sé nada de nada. Si en vez de personarse en mi casa me hubiera llamado por teléfono, se habría ahorrado la molestia del desplazamiento.

—No es molestia —dijo el exinspector— y tengo por costumbre hablar con la gente cara a cara. De este modo advierto quién dice la verdad y quién echa falsos testimonios. Por teléfono es fácil disimular, y no digamos *online*. Hoy en día crees estar en presencia de un magistrado con su toga y birrete y estás hablando con uno que va en pijama, por no decir en pelendengues. Yo soy de la vieja escuela, señor Alibey. Cuando me hable, míreme a los ojos. ¿De qué modo se dispuso del cuerpo? ¿Incinerado, sepultado, echado a la fosa común?

—Tampoco este aspecto entra dentro de mi jurisdicción —dijo el señor Alibey, algo cohibido—, pero lo puedo averiguar.

Cuando el exinspector se hubo ido, con la promesa de regresar pronto, la esposa del señor Alibey cubrió de improperios a su marido.

—Ni en tu propia casa has tenido arrestos para mandarlo al cuerno —le dijo—. Ni tan siquiera le has obligado a mostrar sus credenciales.

—No había motivo para no acceder a sus peticiones —replicó el señor Alibey—. No me ha pedido nada contrario a mi deber de confidencialidad. Y sé reconocer a la autoridad sin necesidad de acreditaciones.

En el fondo, al señor Alibey sólo le preocupaban sus hijas.

El señor y la señora Alibey tenían tres hijas, llamadas, respectivamente, Rosemarie, Flor de Lis y Titina. Las tres eran guapas e inteligentes y el señor Alibey se habría podido sentir orgulloso de ellas si no le hubieran ocasionado tantos problemas.

Rosemarie había sido una niña risueña y revoltosa hasta los once o doce años de edad, momento en que se volvió retraída y como abismada en sus pensamientos. En el colegio adquirió fama de altiva y distante; no tenía amigas y parecía refractaria a los fogosos y efímeros enamoramientos primaverales propios de la adolescencia hasta que, a poco de concluido el bachillerato, se cruzó en su camino un joven de origen oscuro, que decía ser primo de Rafa Nadal y, como éste, tenista profesional con un futuro brillante. Para granjearse su interés, Rosemarie se hizo pasar por la primogénita de un rico terrateniente urbano: no había barrio de Barcelona donde su padre no tuviera terrenos, bien edificables, bien gravables con censos fiduciarios. Confiados en estas vagas premisas, ambos decidieron irse a vivir juntos a Madrid, donde el tenista tenía su residencia. El señor y la señora Alibey se hacían cruces.

—Hija, no le conocemos de nada —le hacían ver—, ni siquiera te ha enseñado una foto de él con Rafa Nadal.

—¿Me tomáis por tonta? —replicaba Rosemarie.

Como a esta pregunta cualquier respuesta desembocaba en lo mismo, sus padres se plegaron a su voluntad. Al fin y al cabo, Rosemarie acababa de cumplir los dieciocho años y podía hacer lo que le viniera en gana.

Al llegar a Madrid, Rosemarie descubrió que el tenista vivía en un apartamento pequeño y mal ventilado que compartía con otros dos zánganos; que no sólo no era pariente de Rafa Nadal, sino que no era tenista: ni siquiera tenía una raqueta. Era un cazadotes ingenuo que se había creído las mentiras de Rosemarie y contaba con la fortuna de ella para resolver su subsistencia. La relación se rompió de inmediato y ella regresó a Barcelona. La humillación sufrida acentuó su retraimiento; buscó un trabajo rutinario en una oficina, se independizó y a pesar de su temprana edad se consideraba a sí misma una solterona irredenta.

La segunda hija de los señores Alibey se llamaba Flor de Lis, como queda dicho. A los quince años decidió abandonar los estudios para seguir una vocación teatral que la llevó a estudiar en varios centros y acabó cuando le hicieron fingir, delante de toda la clase, que era un polluelo recién salido del cascarón. Desoyendo los ruegos de sus padres, que la instaban a cursar unos estudios más convencionales, se unió a una compañía independiente de danza contemporánea con la que andaba dando espectáculos por los pueblos. De cuando en cuando llamaba a sus padres para pedirles dinero con los pretextos más variados: en invierno era difícil conseguir contratos; una caída le había provocado una leve cojera que le impedía actuar durante un tiempo; al amparo de la ley de protección de los animales, la Generalitat les había incautado un elefante, que la compañía exhibía con gran éxito. El señor Alibey se cuidaba de contrastar la veracidad de aquellos pretextos e ingresaba una cantidad en la cuenta corriente de Flor de Lis.

Con la tercera de sus hijas las cosas parecían seguir un derrotero más tranquilo hasta que, un año antes de los hechos que aquí se relatan, el señor Alibey recibió una llamada del colegio donde su hija cursaba estudios. El director del colegio recibió en su despacho al señor Alibey y le dijo:

—Como ya se habrá imaginado, el motivo de esta convocatoria extemporánea no es otro que hablar de su hija. Desde el punto de vista académico, no tenemos quejas. Titina es inteligente y aplicada, sus notas son altas y podrían ser aún más altas con un pequeño esfuerzo por su parte. En clase está atenta, muestra respeto hacia el personal docente y se ha ganado el cariño del alumnado. En el comedor se comporta de un modo ejemplar: es evidente que en el entorno familiar se le han inculcado buenos modales, así como un estricto sentido de la honradez y la justicia.

—Oír estos elogios me complace sobremanera —dijo el señor Alibey—, y prefiero no imaginar lo que vendrá a continuación.

El director del colegio se restregaba las manos con nerviosismo mientras buscaba las palabras adecuadas.

—Usted es un hombre de mundo, señor Alibey —dijo finalmente—. Usted sabe cómo es la juventud hoy en día. Tan distinta a la generación de sus padres y, sobre todo, a la de sus abuelos. Las chicas, en especial... En aquellos tiempos, una mujer casada se retiraba del mundo y una joven casadera era pía y modosa. Actualmente la manga es más ancha..., las murallas de la decencia han caído como las de la bíblica Jericó... Pero su hija se pasa tres pueblos, señor Alibey.

El director del colegio era un hombre formal, pero en el terreno de la formalidad nadie podía competir con el señor Alibey.

—Le agradezco el circunloquio y la delicadeza con que se ha expresado, señor director —murmuró con voz neutra—. La conducta de mi hija María Antonia es reprochable, pero, si le he entendido correctamente, no debe ser corregida por medios estrictamente disciplinarios. Eso, como usted muy bien ha dicho, iría en contra de los fundamentos pedagógicos de la institución que usted dirige con tanto acierto.

El director del colegio esbozó un ademán dubitativo. Las intenciones que le atribuía su interlocutor distaban de ser las suyas. Si había convocado al padre de Titina era para anunciarle la expulsión de su hija, pero en aquel momento no encontró argumentos con los que desengañarle. El señor Alibey aprovechó aquel titubeo para levantarse de su asiento y estrechar la mano del director del colegio con una efusividad contenida cuyo efecto disuasorio comprobaba varias veces al día en el desempeño de su trabajo.

—Hablaré con mi hija, le informaré a usted y proseguiremos juntos nuestra labor —dijo camino de la puerta.

Al salir a la calle sintió un vahído. Le temblaban las rodillas y las manos y tenía la camisa pegada al cuerpo a causa de la transpiración. Cuando hubo recuperado la calma, tomó un taxi, fue directamente a su casa y esperó la llegada de su hija sin decir nada a su esposa. Cuando la chica entró en casa, se vio arrastrada por su padre al dormitorio. Una vez allí el señor Alibey la obligó a sentarse en el borde de la cama y le refirió la entrevista mantenida por él con el director del colegio.

—Os hemos dado una educación esmerada —dijo a modo de conclusión—, os hemos dado buen ejemplo, os hemos dado continuas muestras de cariño... ¿Se puede saber por qué habéis salido las tres tan díscolas?

Titina guardó silencio y luego dijo:

—Entiendo que estés enojado y confuso, pero has de entender una cosa: si tu padre trabaja en un tanatorio hay que hacer un extra para que los demás no salgan corriendo. En el colegio las tres éramos el hazmerreír de los alumnos y de varios profesores. Algunos miraban con aprensión lo que nos habíais puesto para merendar. ¿Sabes cómo te llaman? Míster RIP.

El señor Alibey se quedó consternado. Nunca se había imaginado que su oficio, en el que había ascendido por méritos propios y en la actualidad desempeñaba de un modo impecable, pudiera haber sido la causa del comportamiento irregular de sus propias hijas.

Despachó a su hija sin censuras ni consejos y se sumió en una reflexión que le mantuvo distante y taciturno durante un largo periodo. A instancias de su mujer, acabó confiándole sus cuitas.

—Con nuestro trabajo las hemos alimentado, vestido y dado un hogar; también hemos intentado darles la mejor educación. ¿Es posible tanta ingratitud?

—La gratitud de los hijos, si llega, llega más tarde —dijo su esposa—. Y en lo que dicen hay algo de verdad.

—¿Tú también me ves como un sepulturero? —preguntó el señor Alibey.

—Yo te conocí antes —respondió su esposa—. Para mí tú eres tú. Entre tu trabajo y el mío no veo diferencia: son dos formas de ganarse la vida. Para las chicas es diferente.

La esposa del señor Alibey atendía las ventas *online* de una empresa agrícola de Murcia. Por la pantalla de su ordenador desfilaban los productos más apetecibles de la exuberante huerta, pero sólo en forma de nombres y cifras. El suyo era un trabajo tan monótono como tranquilo, el horario era flexible y el sueldo no lo alteraban las buenas o malas cosechas ni las oscilaciones del mercado.

Los razonamientos de su esposa y su inquebrantable lealtad no bastaban para tranquilizar el ánimo del señor Alibey. Renunciar a su trabajo era impensable: a su edad y con su experiencia laboral, difícilmente encontraría otro de distinta naturaleza y, por otra parte, estaba muy satisfecho de su posición. Pero seguir como hasta entonces significaba la práctica disolución de la vida familiar. Le estuvo dando vueltas al asunto y finalmente creyó haber encontrado una solución. Se la contó a su mujer y ella torció el gesto.

—Nunca lo conseguirás —vaticinó.

—Por mis solas fuerzas, no —repuso el señor Alibey—, pero si consigo mover algunos resortes..., quién sabe.

9

Para quien sospecha que alguien le vigila o le sigue, no hay en toda Barcelona lugar más preocupante y fatigoso que el barrio del Born, especialmente en las inmediaciones de Santa María del Mar. Abundan allí monumentos que admirar, calles y plazas que recorrer, bares y restaurantes que frecuentar y tiendas en las que comprar, por lo cual pululan constantemente por la zona centenares de personas de muy variada procedencia y aspecto, que miran a todas partes y a ninguna, caminan sin rumbo fijo, se detienen, titubean y vuelven sobre sus pasos, sin que de sus acciones pueda inferirse cuál es su intención, si es que la tienen.

Mirando a unos con aire desafiante y a otros de soslayo, sorteando obstáculos y viandantes para tropezar con otros y fingiendo al mismo tiempo ser un paseante desocupado, Ramoncito Valenzuela llegó frente a la puerta de la esbelta iglesia cinco minutos antes de la hora convenida. La chica a cuya convocatoria acudía todavía no había llegado y esperar allí, inmóvil en la parte superior de la escalinata, le hacía sentirse el centro de todas las miradas. Al cabo de un rato, sin embargo, se dijo: Tanta preocupación es absurda; después de todo, sólo soy un aspirante a periodista en busca de información; ni estoy ocultando nada ni voy a ninguna parte; si alguien me quiere seguir, que me siga.

Con estos pensamientos había logrado tranquilizarse cuando creyó ver, medio oculto entre los paseantes, con la misma gabardina, el mismo sombrero y las mismas gafas de sol, al misterioso sujeto cuya asistencia al funeral era precisamente causa de todos sus problemas. Sin perder un instante, bajó la escalinata, se abrió paso entre los turistas que se habían agrupado delante del templo con la intención de comprar entradas para acceder a su interior y se dirigió hacia el sujeto misterioso. Como ni aquél ni Ramoncito Valenzuela eran de elevada estatura, al descender las escaleras lo perdió de vista. Al llegar al lugar donde el sujeto misterioso se había ocultado, éste ya no estaba allí. Ramoncito Valenzuela lo buscó con la mirada. Le pareció avistarlo y lo volvió a perder. A pesar de la gente, cada vez que lo perdía, algún elemento de su singular indumentaria le permitía localizarlo de nuevo sin demasiada dificultad.

Pero las calles eran estrechas y su trazado, irregular, y el objeto de la persecución resultaba escurridizo en los entresijos del barrio. En dos ocasiones Ramoncito Valenzuela entró en un bar por la puerta delantera para salir por la puerta lateral, después de haberse abalanzado sobre la clientela para cerciorarse de su identidad; en otra, se metió en un portal oscuro convencido de que allí se ocultaba su presa y salió perseguido por la portera, que enarbolaba una escoba. La persecución se prolongó un buen rato y le había llevado lejos hasta que, finalmente, Ramoncito Valenzuela consiguió acorralar al misterioso individuo en el interior de una pequeña tienda de moda masculina, en la cual éste se había ocultado tras la cortina del probador. Ramoncito Valenzuela descorrió la cortina, le agarró del brazo, lo sacó del probador sin contemplaciones y se disponía a repeler a puñetazos cualquier amago de resistencia, cuando se dio cuenta de que su oponente era un señor oriental de avanzada edad, que no llevaba gabardina ni sombrero ni gafas de sol. De inmediato le dejó ir, hizo una reverencia profunda mientras murmuraba *arigató, arigató*, y abandonó a toda prisa el establecimiento.

Con aquel embarazoso incidente dio por perdida la oportunidad de atrapar al misterioso sujeto y regresó a las escalinatas de Santa María del Mar, pero para entonces eran ya las seis y veinte y de la hija del señor Alibey no había ni rastro. Ramoncito Valenzuela pensó llamarla por teléfono, pero en el último momento renunció a hacerlo: probablemente ella estaría enojada y no respondería a la llamada y, si lo hacía, su excusa sonaría falsa. Lo mejor era ir a su encuentro y darle explicaciones. Sin pensarlo dos veces, cogió un par de autobuses y se plantó en casa de la familia Alibey.

En aquel momento la señora Alibey estaba en la cocina, ocupada con la cena, y fue el señor Alibey quien le abrió la puerta.

—Buenas noches, señor Alibey —dijo Ramoncito Valenzuela en posición de firmes sobre el felpudo—. ¿Se acuerda de mí?

—Claro —respondió el aludido fríamente—, usted es el periodista que me vino a entrevistar y a la primera respuesta se fue corriendo y me dejó con la palabra en la boca.

—Pues he venido a presentarle mis excusas —dijo Ramoncito Valenzuela— y, de paso, a ver a Gucci.

—¿A quién? —preguntó el señor Alibey torciendo el gesto.

—A su hija de usted —repuso Ramoncito Valenzuela—. Su nombre es Gucci, como la marca de ropa y complementos.

—Mi hija no se llama de un modo tan pretencioso —dijo el señor Alibey esforzándose por no mostrar su creciente irritación—. Sin duda se refiere usted a Titina. Tiene mucha imaginación, se inventa nombres absurdos y también historias fantásticas, todo lo cual resulta irrelevante, porque Titina no está en casa. Ha llamado diciendo que había quedado con alguien y que no vendría hasta la hora de cenar. Cuando la vea le diré que usted ha estado aquí y ha preguntado por ella. En cuanto a las excusas, las acepto y con eso doy por zanjada la cuestión. Buenas noches.

Ramoncito Valenzuela puso el pie contra la puerta para impedir que el dueño de la casa la cerrara y levantando la voz exclamó:

—¡No cierre, por favor! ¡He de hablar con Titina, o como se llame! ¡Es de la máxima importancia!

—Llámela por teléfono —sugirió el señor Alibey—. Según tengo visto, los jóvenes no son reacios a usar sus móviles en todo momento y lugar. No hay día en que no suenen varios móviles durante las exequias, algunos con un timbrazo estridente y otros con las más horribles tonadillas.

Como para corroborar la reprobación del señor Alibey a las interrupciones, del piso de un vecino les llegó un ladrido destemplado. Ramoncito Valenzuela aprovechó el minúsculo paréntesis para insistir en su súplica:

—¡Yo soy la persona con la que había quedado y lo que le he de decir se lo he de decir cara a cara!

La vehemencia de la reacción tenía sorprendido al propio Ramoncito Valenzuela. No así al señor Alibey, acostumbrado, por razón de su oficio, a presenciar desbordamientos sentimentales que él mismo procuraba contener con diplomacia para reconducir la ceremonia en curso a su cauce habitual, pero lo que dejaba entrever la apasionada conducta del joven visitante le hizo reflexionar:

tal vez había infravalorado a Ramoncito Valenzuela; tal vez, contra todo pronóstico, aquel excéntrico individuo podía ejercer una influencia benéfica sobre una de sus hijas descarriadas. Decidido a no dejar escapar la ocasión, abrió la puerta de par en par, se hizo a un lado y dijo:

—Pase.

En la misma salita donde había tenido lugar la primera entrevista, Ramoncito Valenzuela y el señor Alibey se sentaron frente a frente, en actitud cohibida por ambas partes. La placidez reinante infundía laxitud y les habría invadido el sopor de no haber sido por el ruido de cacharros y las imprecaciones provenientes de la cocina.

—Mi esposa está haciendo la cena —dijo el señor Alibey—. Con gusto le invitaría a compartir nuestra mesa, pero seguramente usted tendrá ya otros compromisos.

—Oh, sí —respondió Ramoncito Valenzuela, que ya se arrepentía de haber accedido a entrar en el piso a sabiendas de que Titina no estaba allí—, y de ningún modo deseo causarles una molestia.

A este cortés intercambio siguió un silencio que rompió el señor Alibey para decir:

—En el periódico donde trabaja, ¿se encarga de los funerales en exclusiva o también de otros temas de actualidad?

Ramoncito Valenzuela, a quien no le gustaba mentir, pero tampoco podía revelar su condición de cesante, tardó un rato en contestar.

—Soy polivalente —dijo—. En realidad, el suyo es el primer funeral que me ha tocado cubrir.

—Mejor —dijo el señor Alibey—. Los funerales no son para los jóvenes. Al menos, de un modo profesional. Aun así, todos tenemos que asistir a un funeral, de cuando en cuando, ya por razones familiares, ya sociales.

—Tiene usted razón —dijo Ramoncito Valenzuela—. Mi abuelo materno la palmó hace unos años.

—¡Es ley de vida! —suspiró el señor Alibey—. Y conforme pasan los años, esta ley se hace más implacable. En mi caso esta reflexión no se aplica, por supuesto. Ya sabe usted en qué consiste mi trabajo. Y, precisamente, aprovechando su presencia, me gustaría contarle un proyecto que vengo acariciando desde hace tiempo. A pesar de su juventud y sus escasas vivencias en este terreno, tal vez le pueda interesar, como periodista... y también como amigo de la familia.

Ramoncito Valenzuela, que creía llegado el momento de revelar la verdad y arrostrar las consecuencias, se sintió embargado por la condición que su interlocutor le atribuía y respondió sin pensar:

—Cuente conmigo para lo que sea, señor Alibey.

10

Los años de trabajo en el departamento de protocolo del tanatorio habían permitido al señor Alibey formarse un juicio imparcial y bien fundado sobre las ceremonias funerarias, y había llegado a la conclusión de que la gran mayoría era un desastre. Al margen de sus creencias, los funerales de carácter religioso le parecían crueles: como el sacerdote de turno no conocía ni al muerto ni a sus allegados, oficiaba de un modo rutinario, y su discurso, pretendidamente consolador, siempre dejaba entrever la posibilidad de que en aquel preciso instante el alma del difunto estuviera ardiendo en el infierno. Aun así, los funerales laicos le parecían peores: dejados en manos de familiares, amigos o colegas, las intervenciones, lastradas por la torpeza de quien no está acostumbrado a hablar en público, oscilaban entre un dramatismo abyecto y una comicidad tan bienintencionada como improcedente. El señor Alibey no era tan presuntuoso como para pensar que él podía mejorar aquellas pautas, cuya reiteración les daba carta de naturaleza. Algo habría podido sugerir, pero su proyecto era más ambicioso.

—En este mismo momento —prosiguió el señor Alibey después del preámbulo resumido en el párrafo anterior—, mientras nosotros estamos aquí, hablando de hombre a hombre de un asunto de la máxima trascendencia, mi mujer está en la cocina, como ya habrá advertido, preparando una cena familiar frugal, sabrosa y nutritiva. Y yo pregunto, ¿es acaso su cometido menos digno que el nuestro? ¡Todo lo contrario! ¿Por qué? Porque cocinar es una actividad artesanal y al mismo tiempo creativa y en ambos aspectos ennoblece a quien la realiza. Sin embargo, no siempre fue vista así. Hace unas décadas, antes de que usted viniera al mundo, los fogones eran un lugar reservado al servicio o a la sacrificada esposa, a la madre y a la hermana, como cantaba Pepe Blanco en *Cocidito madrileño*. ¿Recuerda la copla?

—No, señor —dijo Ramoncito Valenzuela—, y no sé quién es Pepe Blanco.

—Es natural —dijo el señor Alibey con una mueca de condescendencia—. Lo que quiero decir es que en otras épocas grandes artistas se consideraban sirvientes: egregios pintores, escultores, músicos, arquitectos y muchos otros que el tiempo ha trasladado del ala del servicio al panteón de los hombres ilustres..., ¡ojo, y de las mujeres ilustres! Ya ve usted a dónde quiero ir a parar.

—¿A Pepe Blanco? —apuntó Ramoncito Valenzuela.

—No exactamente —dijo el señor Alibey.

En la cocina sonó un móvil y se oyó contestar a la señora Alibey. Después de un breve diálogo, gritó desde la cocina:

—¡Es Titina, que no viene a cenar! ¡Al salir del cine irá con sus amigas a una pizzería!

Al oír esto, Ramoncito Valenzuela se levantó del sofá.

—En tal caso —dijo—, me voy.

—Oh, pero todavía no le he acabado de exponer mi idea —dijo el señor Alibey.

—No quiero importunarles más de lo necesario —balbuceó Ramoncito Valenzuela—, y ustedes querrán cenar.

—No es molestia, aún es pronto y termino en unos minutos —dijo el señor Alibey.

Una hora más tarde, cuando el señor Alibey hubo acabado de exponer su proyecto a Ramoncito Valenzuela y éste se hubo ido, la señora Alibey salió de la cocina y, mientras ponía la mesa, le dijo a su marido:

—Este chico es tonto, y tú, más.

—Es joven —replicó el señor Alibey—. Y la idea le ha parecido interesante.

—Lo único que le interesa es la nena —dijo la señora Alibey.

—No seas tan tiquismiquis, mujer —dijo el señor Alibey—. Es periodista y los periodistas no dejan escapar un tema de interés general. Y si se ha encaprichado de Titina, con más motivo.

11

El prelado se frotaba las manos en un ademán que denotaba una alegría sin causa.

—En todo el Evangelio —dijo sonriente— no recuerdo una sola parábola que exalte la persistencia y aún menos la tozudez, pero si es una virtud, no se puede negar que tú la tienes.

—Pero esta vez no vengo por lo del cuadro, sino por algo distinto que por fuerza le tiene que interesar —dijo Ramoncito Valenzuela.

Volver a ver a Titina se había convertido en una obsesión para él y como ella se negaba a responder a sus llamadas, pensó que podría hacerle cambiar de actitud si se ganaba la estima de su padre. Nada garantizaba la eficacia de aquel método, pero como no se le ocurría otro, decidió contribuir al proyecto del señor Alibey con todas sus fuerzas, aun a sabiendas de que sus recursos eran inexistentes, puesto que, como periodista, nada podía hacer. Sin embargo, no tardó en dar con una idea feliz: volver al palacio episcopal, donde anteriormente, si bien sus gestiones no habían tenido éxito, había sido recibido con cortesía.

A la mañana siguiente se abrió paso entre la multitud de forasteros que abarrotaba la Plaza Nueva y, después de porfiar con los guardias de la entrada, accedió a palacio. Una vez allí, pidió audiencia con monseñor Gorostiza, miembro de la Comisión Episcopal para la Evangelización, Catequesis y Catecumenado en la diócesis de Barcelona con quien había tenido trato la víspera, y manifestó su firme intención de permanecer allí hasta tanto monseñor Gorostiza no se dignase a recibirle. A decir verdad, entre el laicismo dominante en la sociedad y la consiguiente falta de vocaciones, monseñor Gorostiza estaba todo el día desocupado y, al igual que el señor Alibey, acariciaba la esperanza de que el contacto con un periodista, siquiera de ínfimo rango, le facilitara la entrada en el universo mediático y le sacara del marasmo en que se hallaba sumido.

Ahora, con el pensamiento en otra parte, escuchaba los argumentos de su pertinaz visitante.

—Los entierros son una de las funciones de la Iglesia, como los bautizos, las primeras comuniones y las bodas, ¿no?

—No te confundas, hijo, no te confundas —dijo monseñor Gorostiza—. El bautismo, la eucaristía y el matrimonio son sacramentos. Los entierros y los funerales no lo son. Forman parte, por así decir, de la vida civil, como alquilar una vivienda o pagar los impuestos. El catecismo incluye enterrar a los muertos entre las obras de misericordia, pero esto hoy en día tiene escasa aplicación. En épocas remotas un viajero podía encontrar un cadáver abandonado en el camino y su obligación, como buen cristiano, era darle sepultura y no dejarlo a merced de las alimañas. En la actualidad, si esto sucediera, debería dar parte a la policía y no tocar nada para no entorpecer la investigación. Por lo demás, la posibilidad de encontrar un cadáver por casualidad sólo se da en las series de televisión, donde abundan los hallazgos macabros. ¿De qué hablábamos?

—De los funerales —dijo Ramoncito Valenzuela.

—Ah, sí —dijo monseñor Gorostiza—. Es cierto que la Iglesia, como buena madre, acude a donde la llaman y, en el caso que mencionas, dispensa consuelo, aporta un ritual y da sentido al devenir de las cosas. Actualmente, por desgracia, la presencia de la Iglesia en las exequias fúnebres va de baja y un confuso batiburrillo, medio poético, medio tabernario, trata de ocupar su puesto. Por lo visto hay quien prefiere el festival de Eurovisión al *Dies irae*... Allá ellos.

Había ido bajando la voz hasta emitir un susurro ininteligible. De joven había pasado unos años en Veracruz. Entonces los seminarios españoles todavía podían cubrir las necesidades locales y surtir a los países hermanos de ultramar. Apenas hubo cantado misa, le enviaron a ejercer la enseñanza en una escuela confesional. Los alumnos eran niños pobres, casi todos indígenas, y le llamaban padrecito. En cambio, en la calle, como en México la ley prohibía la sotana o cualquier otro distintivo de carácter religioso, le llamaban patrón y, a veces, cuando aprovechaba el anonimato de la ropa seglar para frecuentar tabernas e incluso alguna pulquería, le llamaban cuate y güey, porque era alegre y parlanchín y, animado por los tragos, fácilmente se arrancaba a cantar. Tenía una bonita voz de barítono. Todavía ahora, si quisiera, podría entonar, desde la ventana del palacio episcopal, para el público congregado en la plaza, algún son huasteco: *Alevántate* o *Paloma negra*. A menudo se preguntaba qué habría sido de sus exalumnos; ahora serían ya hombres talludos; quizá alguno era un honrado padre de familia, pero la mayoría, de fijo andarían metidos en el cártel de Sinaloa o algo por el estilo. Ay, pensaba mientras paseaba la mirada por la plaza, ahora me vendría bien un tequila. Un tequila y unos chilaquiles. *Dios, dame fuerzas que estoy muriendo por irla a buscar*. Justo debajo de la ventana había un hombre enfundado en una gabardina, con sombrero y gafas de sol, que parecía estar mirándole fijamente. Si le echara un escupitajo, podría acertarle en el sombrero, pensó monseñor Gorostiza. Para evitar la tentación, se retiró de la ventana.

—No todo el mundo piensa igual —oyó decir a Ramoncito Valenzuela—. Precisamente por eso he venido a trasmitirle la propuesta.

—Incluir las ceremonias fúnebres en la Escuela de Hostelería y Turismo —dijo monseñor Gorostiza—, si lo he entendido bien.

—¡En efecto! —exclamó Ramoncito Valenzuela, recordando la apasionada exposición del señor Alibey—. Con materias como música, oratoria, poesía y también textos religiosos, católicos y de otras denominaciones, siempre con el debido respeto.

—La idea no es descabellada —admitió monseñor Gorostiza—, pero la competencia no recae sobre el obispado, sino sobre el Ministerio de Educación, Formación Profesional y Deportes o el Departament d'Educació de la Generalitat o el Ayuntamiento.

—La Iglesia tiene muchos centros de enseñanza —replicó Ramoncito Valenzuela—. Si toma la iniciativa, las universidades públicas no tardarán en imitarla. Y ustedes se habrán anotado un puntazo.

Al salir del palacio arzobispal, muy contento con el resultado de su gestión, Ramoncito Valenzuela entró en un bar, pidió una clara y llamó a casa del señor Alibey. Contestó la esposa del señor Alibey.

—Soy Ramoncito Valenzuela —dijo él—, y llamaba para...

—¡Por fin! —le interrumpió la señora Alibey como si hubiera estado esperando la llamada de Ramoncito Valenzuela. Y sin dar tiempo a éste para recuperarse de la sorpresa le preguntó—: ¿Titina está contigo?

—No, señora —respondió él—. A esta hora debe de estar en el colegio.

—No ha ido al colegio —dijo la señora Alibey en un tono angustiado, no exento de impaciencia y de irritación como si su interlocutor tuviera la culpa de lo sucedido—. Y anoche no vino a dormir a casa. No es la primera vez que se queda a dormir en otro sitio, pero siempre llama para dar una excusa. La excusa no cuela, pero nos quedamos tranquilos.

—Pues yo no la he visto desde hace varios días —dijo Ramoncito Valenzuela—. Ayer quedamos citados, pero, como ya les dije, no llegamos a encontrarnos.

—Está bien —dijo la señora Alibey—. Voy a llamar a la policía. Es mejor que vengas a casa. Seguramente te querrán interrogar.

—¡Espere un momento, señora Alibey! —dijo Ramoncito Valenzuela—. Voy para allá, pero no se precipite.

Al llegar encontró a la señora Alibey muy alterada. Su marido, que había pedido permiso en el tanatorio alegando un problema familiar y acababa de llegar a casa para hacer frente a la emergencia, estaba sentado en su butaca, sumido en dudas y cavilaciones.

—¿De verdad sospechan que Titina puede haber sido víctima de un secuestro? —preguntó Ramoncito Valenzuela.

—¿Cómo lo voy a saber? —dijo la señora Alibey—. Si hubiera tenido un accidente, nos habrían avisado. Este silencio me hace temer lo peor. Mi marido, como es un poco calzonazos, se muestra escéptico. Dice que en Barcelona no hay secuestros y, si los hubiera, los malhechores habrían elegido a otra víctima: nosotros no somos nadie. Sea como sea, voy a llamar a la policía.

Ramoncito Valenzuela nunca había estado envuelto en un secuestro, pero había visto muchas películas de Jason Statham y sabía cómo proceder en un caso semejante.

—Avisar a la policía puede poner en peligro a la víctima —sugirió—. Si verdaderamente se trata de un secuestro, los secuestradores se pondrán en contacto con ustedes por lo del rescate. Y si no lo es...

—Lo que yo vengo diciendo —intervino el señor Alibey desde su butaca—. Si la policía encuentra a Titina y resulta que ella se ha ido de picos pardos, la expulsarán del colegio.

—Todo esto me trae sin cuidado —dijo la señora Alibey—. En este momento lo único que quiero es que alguien nos traiga a Titina, aunque sea a puntapiés y deshonrada.

—Se me ocurre una solución intermedia —dijo Ramoncito Valenzuela.

12

Enamorarse es una decisión no exenta de peligros que las personas audaces toman dos o tres veces en la vida; las prudentes, una sola vez, y las timoratas, ninguna. Titina Alibey había decidido enamorarse, y así se lo comunicó a sus amigas, las cuales, al saber que el objeto de aquel amor repentino era Ramoncito Valenzuela, trataron de disuadirla.

—Como hombre es una birria —le dijeron— y tiene pinta de pasmarote. Cualquiera de tus novietes anteriores le da mil vueltas.

—Esto es diferente —repuso Titina.

Por la categoría del colegio al que asistía, todos los chicos con los que había tratado anteriormente eran de buena familia. Ramoncito Valenzuela era desastrado, llevaba ropa barata y era muy torpe de trato. Quizá ingenuamente, Titina veía rasgos de carácter en lo que sólo eran síntomas de escasez; o quizá una intuición más aguda le permitía ver algo más allá de las prosaicas diferencias de clase. Todo lo cual, en definitiva, era irrelevante para su propósito, que era estar enamorada. Por este motivo su vida había cambiado: mientras en el colegio sus amigas tenían los ojos clavados en el móvil, ella miraba por la ventana.

Titina era inteligente y reflexiva, pero de cuando en cuando le dominaba la necesidad de abandonarse a algo cuyas demandas superaran en mucho sus compensaciones.

Dos años atrás, su colegio, como parte del programa educativo multidisciplinar, y también por pertenecer al Opus Dei, había invitado a monseñor Gorostiza, miembro de la Comisión Episcopal para la Evangelización, Catequesis y Catecumenado en la diócesis de Barcelona, a dar una charla a las alumnas de bachillerato sobre la vocación religiosa, que él describió como una llamada repentina, irracional e irrechazable. Las alumnas le escucharon con tanta atención, que el prelado decidió poner broche a su charla cantando *Copitas de mezcal* y *Ya viene amaneciendo*, y lo hizo con tanto sentimiento y un aire tan charro que cualquier alumna habría creído estar oyendo al mismísimo Antonio Aguilar si hubiera sabido quién había sido Antonio Aguilar.

Aquella instructiva charla no tuvo por fruto ninguna vocación, pero Titina salió convencida de que estaba destinada a recibir una llamada en breve, como en efecto ocurrió. Una noche, buscando en YouTube las monerías de un gatito, que se habían hecho virales, le salió al paso el resumen del combate a doce asaltos de Floyd Mayweather contra Manny Pacquiao, celebrado varios años atrás en Las Vegas y anunciado como «la pelea del siglo», que Mayweather ganó por puntos, y, en consecuencia, retuvo el título mundial de los pesos wélter. En aquel momento Titina sintió, en sus propias palabras, la llamada del ring. Al día siguiente pidió dinero a su padre para matricularse en un curso de guitarra española. En realidad, lo hizo en un gimnasio cochambroso del Poble Sec, donde se practicaba boxeo y muay thai y donde, a escondidas de todo el mundo, se sometió a un duro entrenamiento durante un año, hasta que le permitieron subir al cuadrilátero para hacer de *sparring* de una boxeadora profesional de treinta y cinco años, que la llevó contra las cuerdas y allí le propinó una tunda que la dejó tendida en la lona.

Había transcurrido cierto tiempo, cuando Titina volvió a sentir otra llamada irreprimible y decidió enamorarse perdidamente y sin motivo alguno de Ramoncito Valenzuela.

Si a los ojos de un adulto aquella determinación podía parecer una chiquillada, para ella revestía la máxima trascendencia y por su causa no comía ni dormía, pasaba de la alegría a la tristeza y de la ilusión al desespero, y toda su vida parecía pivotar sobre un sentimiento cuya turbulencia, sin embargo, no le hacía perder el sentido práctico. El encuentro, en el bar Dumbo, había sido tan breve como prometedor y la presencia de sus amigas, cuyos comentarios peyorativos le resbalaban, había servido para oficializar la relación. Ahora se preparaba para un segundo encuentro, que ella misma había organizado y de resultas del cual, según sus planes, la relación había de pasar a la categoría de los hechos consumados.

Elegir el vestuario le llevó bastante tiempo. Tras una prueba fugaz ante el espejo, rechazó una falda plisada muy corta: tenía las piernas largas y flacas y el conjunto resultaba esquemático. Un pantalón de franela gris y un jersey de color granate le parecieron bien. Las botas, con una suela gruesa, la hacían parecer una espingarda. Optó por un calzado sencillo y calcetines rojos. Cuando estuvo lista pidió dinero a sus padres y les dijo que iba al cine con unas amigas o quizá a tomar algo: para evitar casualidades desafortunadas e incoherencias reveladoras, siempre dejaba sus planes en una nebulosa. Un metro y luego un autobús la depositaron cerca del lugar de la cita con cierta antelación. Estuvo paseando un buen rato por las calles del Born para no llegar a Santa María del Mar antes que Ramoncito Valenzuela. Era puntual por educación y por instinto, pero en aquella ocasión era importante que él no la encontrara allí, sino que la viera acercarse desde lejos. La estrategia no sirvió de nada, porque, cuando desembocó frente a las escaleras de la iglesia por una calle lateral, Ramoncito Valenzuela no estaba allí esperándola. Sin darse por ofendida, decidió quedarse donde estaba: a menudo lo que empieza mal acaba bien y viceversa. Al cabo de diez minutos de plantón empezó a impacientarse. Al cabo de un cuarto de hora llegó a la conclusión de que él no iba a venir y emprendió el regreso. Al pie de las escaleras le salió al paso un hombre cuyo rostro ocultaba un casco de motociclista.

—Vengo de parte de Ramoncito Valenzuela —le dijo—. Le ha surgido un imprevisto y me ha pedido que viniera a buscarte. Te está esperando en un bar. Queda un poco lejos, pero he dejado la moto aquí mismo. Ponte el casco del acompañante y te llevo.

13

—Disculpe la molestia, don Basilio —dijo el exinspector Rodríguez Jarana, apodado el Tigre Malo—. Ya sabe quién soy. No doy nombres por si las moscas.

—Ni nombres ni leches, Jarana —dijo su interlocutor—. Te he dicho mil veces que no me llames, y menos al móvil.

—Y no lo haría si no se hubiera presentado un incidente del que debo darle conocimiento —dijo el exinspector—. Me acaba de llamar aquel jodido periodista para decirme que han secuestrado a la hija del sepulturero. Si es verdad o no, yo no lo sé, don Basilio. Lo único que sé es que no ha sido cosa mía. Si ha sido, habrá sido cosa de terceros.

—Y ese mequetrefe ¿por qué te ha llamado a ti? —preguntó el otro.

—Para pedirme ayuda —dijo el exinspector—. Anda metido en todo. Intenté tenerle ocupado con la venta de un cuadro y ahora entra y sale del obispado como Pedro por su casa. Por lo visto en lo del secuestro lleva la voz cantante, y quiere que yo los asesore, como experto en la materia. Por supuesto, le he mandado a tomar viento.

—Pues ya estás llamando otra vez para pedir disculpas y ofrecer tu colaboración —dijo secamente don Basilio—. Soluciona este enredo antes de que intervenga la policía y la cosa se nos vaya de las manos. No pierdas tiempo y no me vuelvas a llamar si no es para decir que la niña está en casa sana y salva.

Hacia las tres de la tarde, el exinspector se paseaba por la salita del domicilio de la familia Alibey con las manos en la espalda y el semblante adusto. Unas horas antes Ramoncito Valenzuela había recibido una segunda llamada del exinspector.

—Si antes me he mostrado reacio a cooperar y quizá hasta un tanto grosero —le había dicho— ha sido porque no estaba solo y no quería decir nada que pudiera comprometernos. Ahora te vuelvo a llamar para ponerme al servicio de la causa. Con tal fin me personaré de inmediato en el lugar de autos. No hagáis nada hasta que yo llegue.

Dadas las circunstancias, la señora Alibey no se había visto con ánimos de preparar comida para tanta gente, pero le mortificaba dejar en ayunas a tres hombres en su propia casa.

—No se aflija, señora —dijo Ramoncito Valenzuela—, que bastantes problemas tienen ya con lo de su hija. Si les parece bien, pido unas hamburguesas por teléfono y en media hora las tenemos aquí.

Muy impresionados, los presentes manifestaron su conformidad.

Mientras esperaban a que llegara la comanda, sonó el teléfono del señor Alibey. El exinspector le ordenó por señas que conectara el altavoz del móvil, por si llamaban los secuestradores.

—Diga —dijo el señor Alibey—, soy el señor Alibey.

—Buenas tardes —dijo una voz de hombre con marcado acento francés—. Soy el secuestrador. Tengo su número porque además de tener a su hija tengo el móvil de su hija. La niña está bien, pero no lo estará por mucho tiempo si no llegamos a un acuerdo.

Ante esta amenaza todos se quedaron sobrecogidos, menos el exinspector, que arrebató el móvil al señor Alibey y gritó:

—¡Hijo de puta, te voy a matar! ¡Y antes te romperé la cara! ¡Cabrón!

Después de un silencio ominoso, volvió a oírse la voz del secuestrador.

—Oiga, señor Alibey, yo con este tío no quiero tratos.

—No le haga caso —dijo el señor Alibey mientras hacía ademanes conminatorios al exinspector—, está muy conmocionado, pero no tiene intención de hacer lo que dice. Exponga usted las condiciones del rescate.

—Antes, demuestren que realmente tienen a la chica —intervino de nuevo el exinspector—. Envíen un dedo o una oreja y le haremos la prueba del ADN.

La señora Alibey se lo llevó a empujones hacia la cocina.

—Espere aquí —le dijo—; ya vendré a buscarle cuando haga falta.

Desde la puerta de la cocina, el exinspector seguía amenazando al móvil con el puño.

—¡No sabes con quién te la juegas, mamón! ¡Soy el Tigre Malo!

—¡Por mí como si eres el Ratoncito Pérez! —dijo el secuestrador.

—Volvamos al tema que nos ocupa —dijo el señor Alibey cuando su esposa hubo puesto al exinspector a buen recaudo.

—Vale, pero con calma y sin faltar —dijo el secuestrador—. Para empezar, tengo a su hija. Eso ya lo he dicho, pero es importante que quede claro. Podría enviarle una foto, pero con las redes sociales no me manejo ni bien ni mal. Quiénes somos y por qué la hemos elegido a ella, habiendo tantas, no se lo diré por ahora. Ah, y no intenten rastrear la llamada, porque en cuanto acabemos de hablar tiraré todos los móviles a una alcantarilla, mal que me pese, porque valen una pasta. Tampoco se fíen de mi acento. Me he descargado una aplicación que te cambia la voz a tu gusto. ¿Está por ahí un tal Ramoncito Valenzuela?

—¡Aquí estoy! —exclamó el interpelado dando un paso adelante.

—Tú serás el encargado de hacer el canje —prosiguió el secuestrador—. Mañana, a las 6:30 en punto, acudirás a la estación de metro de Plaza Cataluña y allí irás al andén de la línea 1, dirección La Sagrera. A esa hora hay más gente de la que uno cree. Espera en el andén, sin subir al metro. Lleva contigo el dinero. En billetes usados, no correlativos, nada de tarjeta ni de bizum. No los lleves a la vista, que en el metro hay mucho delincuente. Por no hablar del incivismo. La entrega no se hará allá, sino donde te digan. Ve solo. Como vengas con un acompañante, no volveréis a ver a la chica. Y al acompañante y a ti os tiramos a la vía. ¿Has entendido?

—Lo he entendido —dijo Ramoncito Valenzuela—. Pero aún no me ha dicho la cantidad.

—Doscientos euros —dijo el secuestrador.

—¿Doscientos mil? —exclamó el señor Alibey.

—No, hombre —replicó el secuestrador—. Con doscientos nos conformamos.

—¡Esto es ridículo! —dijo el señor Alibey.

—Bueno, pues trescientos. Y no se hable más —dijo el secuestrador.

El señor Alibey iba a decir algo, pero el secuestrador cortó la comunicación.

Liberado de la cocina, el exinspector emitió su dictamen.

—Les urge hacer el canje, y si exigen una cifra

elevada se exponen a que ustedes pidan una demora, para reunir el dinero. Por qué tanta prisa, no tengo ni idea. De momento, les seguiremos el juego.

La señora Alibey se mostraba partidaria de llamar a la policía, pero el exinspector la disuadió de hacerlo.

—Me conozco el paño, señora —argumentó—. Los agentes tienen buena voluntad, pero la burocracia no les deja hacer nada. Entre el papeleo y las garantías constitucionales, nos darían las uvas y aún no habrían empezado a investigar. Usted confíe en mí, que soy perro viejo.

Una llamada a la puerta produjo un sobresalto general, pero era el repartidor con las hamburguesas. El señor Alibey pagó y la señora Alibey puso en la mesa platos, vasos, una jarra de agua y servilletas de papel. El exinspector y Ramoncito Valenzuela comieron con ganas, pero los padres de la secuestrada no probaron bocado.

—Coman y no se dejen vencer por el desánimo —les instaba el exinspector—. El caso puede tardar días en resolverse. Algunos duran años. Eso si acaban bien, que la mayoría...

14

A la hora convenida, Ramoncito Valenzuela estaba en el andén de la estación de metro, saltando ora sobre un pie, ora sobre el otro. Pese a su nerviosismo, se esforzaba por mostrar indiferencia a cuanto le rodeaba, pero no podía dejar de lanzar miradas de inquietud hacia donde se encontraba el exinspector, el cual, desoyendo las amenazas de los secuestradores, se había empeñado en acompañarle y ahora le observada a distancia, disfrazado de mujer.

Varias décadas atrás, cuando acababa de ingresar en el cuerpo y, por consiguiente, ni su nombre ni su rostro eran conocidos en el amplio círculo de la delincuencia barcelonesa, al entonces agente Juan Ignacio Rodríguez Jarana le fue encomendada la misión de infiltrarse en un grupo de travestis conocido como las Dollys, del que se decía que mediaba en el tráfico de drogas, inmigrantes ilegales e influencias, blanqueo de dinero, espionaje industrial, venta de secretos militares, vertido de sustancias tóxicas en los ríos y provocación deliberada de incendios forestales, además de otros delitos menores. El agente, delgado de complexión y de fisonomía discreta, hizo un cursillo acelerado de maquillaje, posturas, maneras, expresiones e inflexiones de voz y de este modo consiguió ingresar en aquel animado y variopinto grupo y granjearse su confianza, aunque al cabo de tres meses fue expulsado por mandona. Durante ese periodo, breve pero intenso, el infiltrado sólo pudo averiguar que el grupo estaba formado por cinco miembros fijos y otros cuatro esporádicos; que se reunían hacia la hora del mediodía en un café de la calle Escudellers para charlar y consumir refrescos y, ocasionalmente, un vermut; que una o dos noches por semana iban a bailar; que todos se ganaban la vida con algún trabajo, el más llamativo de los cuales era el de un tal Salvador Marín, profesor de solfeo y afinador de pianos; que dos de ellos estaban casados y tenían hijos y los demás establecían relaciones con individuos ajenos al grupo, que solían acabar en rupturas dramáticas, quejas amargas, llantos y desmayos e incluso, una vez, en un conato de suicidio que no pasó a mayores; que casi todos los miembros del grupo eran de tendencias políticas conservadoras; que eran aficionados al cine y a la música en todas sus variantes, que repudiaban los toros y despreciaban el fútbol. De las supuestas actividades delictivas ni pudo probar nada ni confirmar siquiera alguna sospecha, por lo que fue reprendido y destinado a otros cometidos, en el desempeño de los cuales dio muestras de las cualidades que habían de merecerle el respeto de unos, el temor de otros, los ascensos correspondientes y el sobrenombre del Tigre Malo. Con las Dollys no volvió a tener contacto; por terceros supo que alguna de ellas había fallecido; que el café donde se reunían se había convertido en una sucursal bancaria y más tarde en una heladería; que una de ellas había formado pareja con un taxista y habían formalizado su relación en el juzgado primero y luego con una fiesta sonada en un restaurante de Esplugues. Ninguna de estas noticias banales le conmovió. De aquella breve etapa el exinspector apenas si guardaba recuerdo. Pero conservaba una invencible atracción hacia la moda femenina. Todos los meses, a escondidas, compraba alguna revista especializada: *Elle*, *Vogue*, *Telva*, *Marie Claire*, *Harper's Bazaar*, *Woman*, *Cosmopolitan*. Guardaba las prendas que había utilizado para aquella misión secreta y, conforme se producían cambios en su anatomía, las llevaba a una modista de un barrio lejano para que se las ajustara. También había comprado algún modelo cuando se le había presentado la ocasión. En su casa tenía un armario dedicado exclusivamente a este ajuar, siempre cerrado bajo llave, para que nadie lo viera, ni siquiera por casualidad. De cuando en cuando abría las puertas del armario de par en par y contemplaba su contenido. Muy de cuando en cuando, a solas, se ponía un vestido y daba un paseo por la casa.

Sólo ahora, por primera vez en tantos años, creía llegada la ocasión de volver a practicar sus viejas artes. Eligió un atuendo que consideró adecuado: ocultaba del todo su identidad y casi no le restaba libertad de movimientos. Se colocó la peluca, se maquilló cuidadosamente y, de esta guisa y algo retirado de la vía, procuraba no perder de vista a Ramoncito Valenzuela para intervenir si le acechaba algún peligro y, con suerte, para efectuar alguna detención. Sin embargo, como pasaba un metro y otro metro, los vagones se vaciaban y se volvían a llenar y Ramoncito Valenzuela permanecía inmóvil, a la espera de recibir alguna consigna de los secuestradores, el exinspector empezó a dividir su atención entre la persona a la que debía proteger y el gentío que le rodeaba, y su mirada se dirigía involuntariamente hacia un grupo de inmigrantes que habían extendido unas sábanas en el suelo del andén y sobre ellas ofrecían a la venta bolsos, relojes, pulseras y chucherías. ¡Ay, pensaba el inspector, cuán voluble es el alma humana! Una parte de mí mandaría a estos parásitos de vuelta a la selva, de donde han salido, y otra parte de mí no puede apartar los ojos de un Neverfull de Vuitton, que me está llamando a gritos. Rechazando con esfuerzo la tentación, buscó de nuevo a Ramoncito Valenzuela y advirtió que éste ya no estaba en el andén y que el metro cerraba sus puertas y, sin atender los gritos y ademanes del exinspector, se ponía en marcha y se adentraba en el túnel.

Una hora más tarde, el exinspector hacía una llamada compungida.

—Ha surgido un pequeño problema, don Basilio. Por eso le llamo. Esta vez sin imagen, porque prefiero que no vea el camuflaje. El motivo es notificarle que el sujeto, desobedeciendo mis instrucciones, se fue sin darme tiempo a seguirle. De inmediato emprendí la persecución, pero, tal como está el tráfico de superficie a estas horas en el centro, juzgué más práctico esperar al siguiente metro. En cada parada avizoré los andenes, por si el sujeto, solo o en compañía de otros, se había apeado y andaba todavía por allí, todo ello sin resultado palpable. En el momento presente me encuentro en la estación de Fabra i Puig y me dispongo a regresar al punto de partida y desde allí pasar a la fase siguiente del plan, si usted no dispone lo contrario.

15

Mientras el exinspector porfiaba en el desempeño de su cometido, el señor y la señora Alibey esperaban en su casa con el alma en vilo. A las diez en punto sonó el teléfono del señor Alibey y éste respondió con celeridad.

—¿Hablo con don Francisco de Sales Alibey? —dijo una voz con un acento distinto del utilizado por el secuestrador en su anterior llamada.

—Soy yo —dijo el señor Alibey.

—Buenos días, Francisco —dijo el que llamaba—. Mi nombre es Winston, y te llamo para hacerte una proposición que no podrás rechazar.

—Soy todo oídos —dijo el señor Alibey.

—Pues mira, Francisco, si contratas los servicios de la compañía de telecomunicaciones EL-GORDI S. A. tendrás telefonía, internet y televisión con tarifa plana el primer año. Podrás ver las mejores series, y también las peores. Auténticas birrias por tan sólo...

—Perdone —atajó el señor Alibey—, me he confundido. Esperaba otra llamada.

—¿No quieres escuchar el resto de la oferta, Francisco? —insistió Winston.

El señor Alibey cortó la conversación e informó a su esposa de lo hablado.

—Deberíamos haber dado parte a la policía desde el primer momento —rezongó ella—. Ahora estamos tú y yo solos, impotentes y pendientes de las acciones de dos insensatos.

Apenas había acabado de pronunciar estas palabras, sonó el timbre de la puerta. Acudieron atropelladamente el señor y la señora Alibey. Se quedó ésta en un rincón del recibidor, su marido abrió la puerta y se encontró frente a un hombre enjuto y vestido de negro. Su expresión era solemne, pero sonreía mostrando una dentadura regular y muy blanca.

—¿Es usted don Francisco de Sales Alibey? —preguntó el recién llegado con voz cantarina. Y ante el mudo asentimiento del señor Alibey, prosiguió—: Vengo por lo de la oferta. Me ha parecido más oportuno hacerlo en persona y sin demora, dados los beneficios que dicha oferta ofrece para ambos, y muy especialmente para usted.

—Oiga, Winston —replicó el señor Alibey en tono cortante—, no sé cómo ha podido venir tan deprisa, pero su celeridad no le servirá de nada. Su visita es oficiosa e inoportuna y su oferta se la puede meter donde usted ya sabe.

Iba a dar al visitante con la puerta en las narices cuando éste depuso su actitud sonriente, frunció el ceño, levantó una mano y con el índice señaló al techo. De aquel gesto emanaba tal autoridad, que el señor Alibey detuvo la puerta y se quedó mirando estupefacto a su oponente, el cual dijo en tono grave:

—Señor Alibey, su recibimiento me resulta tan incomprensible como deplorable. Ni entiendo su actitud, ni sé por qué me llama Winston. Mi nombre es Gorostiza, para usted, monseñor Gorostiza, miembro de la Comisión Episcopal para la Evangelización, Catequesis y Catecumenado de la diócesis de Barcelona.

—¡Atiza! —dijo el señor Alibey haciéndose a un lado para dejar paso franco al prelado—. Le pido mil disculpas. Ha sido una equivocación y, además, mi esposa y yo estamos un tanto trastornados por causa de nuestra hija, a la que acaban de secuestrar.

Monseñor Gorostiza entró en el recibidor y saludó con una leve inclinación de cabeza a la señora Alibey, la cual correspondió con un encogimiento de hombros y un bufido.

—Entiendo, entiendo —dijo el prelado—. Los hijos, ya se sabe, dan muchos quebraderos de cabeza. Yo, como soy célibe, me los ahorro. Pero el asunto que me trae es más importante y no admite demora. No en vano concierne a la Santa Madre Iglesia.

La señora Alibey abrió la boca para sugerir que el asunto al que se refería monseñor Gorostiza no sólo admitía demora, sino que se podía ir al cuerno, pero su marido, adivinando sus intenciones, se apresuró a decir:

—Pase, monseñor, tome asiento y exponga ese asunto con todo detalle. No obstante, si en el transcurso de la explicación suena el teléfono, me tomaré la libertad de contestar, a riesgo de interrumpirle, por si son los secuestradores.

—No faltaría más —murmuró el prelado sentándose en la butaca—, a fin de cuentas, están ustedes en su casa. Por mi parte, iré directamente al grano y seré breve. Ayer vino a verme al palacio episcopal un joven llamado Valenzuela, con objeto de someter a mi consideración, en nombre de usted, un proyecto académico encaminado a formalizar y, en ciertos aspectos, renovar el ceremonial. *Et antiquum documentum novo cedat ritui*, como dice santo Tomás: que las antiguas formas cedan paso a las nuevas...

El timbre del teléfono cortó la docta cita. Respondió alterado el señor Alibey:

—Le escucho.

—Vuelvo a ser Winston, don Francisco de Sales. En nuestra anterior comunicación no tuve tiempo de explicarle las ventajas que le ofrece la compañía de telecomunicaciones ELGORDI S. A...

—¡Y yo ya le he dicho que no me moleste más! —gritó el señor Alibey.

Y con un ademán impetuoso, arrojó el móvil lejos de sí.

—Disculpe, monseñor —dijo el señor Alibey dirigiéndose de nuevo al prelado.

—No se preocupe —respondió éste con dulzura—. También el palacio episcopal es víctima del acoso comercial. Tal vez el liberalismo no sea pecado, como predicaba Félix Sardá, pero conlleva sus molestias. En cuanto a lo que usted propone —añadió sacando del bolsillo una libreta y pasando unas hojas hasta llegar a un punto—, vale decir, otorgar rango universitario a las pompas fúnebres, le diré que veo la propuesta con buenos ojos. Ahora bien, si ha de contar con el apoyo eclesiástico, habrá de ser polivalente. Con este término no me refiero a un cajón de sastre, donde cualquier teoría esotérica tenga cabida, sino a un marco referencial donde encuentren su expresión la verdadera fe y una actitud equidistante en la duda. Para eludir el aspecto doctrinal, en toda ceremonia laica predominará la música sobre la palabra y, en este campo, me he permitido esbozar un repertorio mixto que va del motete y el miserere a la canción ligera de contenido adecuado, como esa ranchera que dice:

En el tren de la ausencia me voy
Mi boleto no tiene regreso
Lo que tengas de mí te lo doy
Pero no te devuelvo tus besos

Cantaba el prelado con bonita voz y mucho sentimiento, y se disponía a lucirse con un falsete, cuando volvieron a llamar a la puerta.

Al abrir, el señor Alibey se encontró con una mujer muy bien vestida y con aires pizpiretos pese a su avanzada edad. Una mano apoyada en el quicio le ayudaba a mantener un equilibrio precario a causa de los tacones de aguja y con la otra balanceaba un bolso falso de Vuitton.

—¿Qué quiere? —preguntó el señor Alibey con impaciencia.

—¿No me reconoce? —dijo la desconocida—. Soy el exinspector Jarana y su reacción confirma el éxito de mi disfraz. ¿Puedo pasar?

Apenas repuesto de su asombro, el señor Alibey hizo entrar al exinspector y cerró la puerta.

—Pase y siéntese —dijo señalando el sofá—. No sé si conoce a monseñor Gorostiza.

—No tengo el gusto —dijo el exinspector dejándose caer en el sofá y provocando el encogimiento del prelado ante la vecindad de aquella tarasca—. Pero desde el rellano se oían unas coplas. Si era usted quien las echaba, le felicito, pero me parecieron fuera de lugar en la presente tesitura.

—Pues anda que su vestuario... —murmuró el prelado.

El exinspector le fulminó con la mirada.

—No me falte el respeto, aunque sea capellán o el sursuncorda —dijo—. Me puse de incógnito para mejor cumplir con mi deber. Y luego no tuve tiempo de pasar por casa a cambiarme.

—*Abusus non tollit usum* —dijo el prelado.

—¡Oye, tú a mí no me hables en latín, que te arreo un guantazo! —amenazó el exinspector.

—¡Como me pongas la mano encima, te excomulgo! —replicó el prelado.

La señora Alibey dejó oír su voz:

—Mientras ustedes se pelean, yo voy a llamar a la policía. ¡Ya estoy harta!

La intervención sosegó los ánimos, pero no alteró las posturas al respecto.

—¡Nada de policía! —dijo el exinspector—. Este asunto lo resuelvo yo y no se hable más.

—Actuemos con cordura —insistió la señora Alibey—. Sabemos que Titina había quedado con ese chico en Santa María del Mar, como él mismo nos dijo. En un lugar tan concurrido, donde los carteristas hacen su agosto, sin duda habrá muchas cámaras de vigilancia y la policía tiene acceso a esas imágenes. Ése sería un buen principio, en vista de cómo nos ha ido hasta ahora.

—No crea —dijo el exinspector—. Para ver esas imágenes hay que pedir cincuenta permisos. Nuestra ventaja es que podemos actuar sin perder tiempo y con la debida contundencia.

Al decir esto abrió el bolso y de su interior sacó una Smith & Wesson de 9 milímetros. Se santiguó el prelado y chilló la señora Alibey.

—¡Haga el favor de guardar ahora mismo ese trasto! ¡En mi casa no quiero armas!

El exinspector vacilaba cuando un timbrazo le hizo guardar de nuevo la pistola en el bolso. El señor Alibey acudió una vez más a la llamada. En el rellano había un hombre bajo, ancho de hombros, de tez oscura y pelo lacio. La proverbial capacidad del señor Alibey para conservar la compostura ante personas desconocidas y situaciones imprevistas estaba llegando al límite.

—¿Quién demonios es usted? —gritó.

—Nunca nos hemos visto —respondió el recién llegado con suavidad—. Hasta ahora, claro. Pero antes hemos hablado por teléfono.

—¿Es uno de los secuestradores? —preguntó el señor Alibey.

—¡Dios me libre! —respondió el recién llegado—. Soy Winston. Pero no vengo de parte de la compañía de telecomunicaciones ELGORDI S. A., sino como yo mismo. La última vez que yo le llamé usted no cerró bien su celular y seguí oyendo lo que hablaban, y al percatarme de que hablaban de un secuestro, decidí presentarme de inmediato para ofrecerles mi colaboración. En mi país de origen los secuestros son cosa de todos los días y tengo mucha práctica. Cuando vivía allí secuestraron a mi madre, secuestraron a mi esposa, secuestraron a mi suegro y a mí mismo me secuestraron dos veces. Y todas acabaron bastante bien. Sé cómo hay que actuar y también sé cómo no hay que actuar. No rechace la oferta de un experto. No le costará nada ni le creará ninguna obligación adicional.

El señor Alibey titubeó unos instantes y finalmente optó por incorporar al recién llegado al equipo. Le hizo entrar y éste, con gran desenvoltura, saludó a los presentes.

—No se levanten, por favor. Mi nombre es Winston, encantado de saludarles. Usted debe de ser la atribulada madre. Y ustedes dos sin duda son los abuelos maternos.

—¡Fuera de aquí, majadero! —exclamó el excomisario sacando del bolso la pistola que acababa de guardar.

—¡Ya le he dicho que no quiero ver más esa pistola! —gritó la señora Alibey—. Y en esta casa, usted no decide quién se queda y quién se va. Señor Winston —añadió acompañando el ademán con una sonrisa amable—, siéntese y diga lo que ha venido a decir.

Algo intimidado, pero con aire resuelto, el aludido se sentó en la punta de una silla, enderezó la espalda, puso las manos sobre las rodillas y dijo:

—En primer lugar, si verdaderamente se trata de un secuestro, como no tenemos motivos para dudar, debemos admitir que quienes lo cometieron son delincuentes. Yo diría más: criminales. Y si a tales nos enfrentamos, lo fundamental es comprender su metodología. El criminal no piensa como nosotros, quiero decir, como las personas honradas. El criminal tiene su propia manera de pensar. Por consiguiente, el señor o la señora que desea enfrentarse al mundo del crimen, lo primero que ha de hacer es entender la manera de pensar del criminal. ¿En qué difiere la manera de pensar de un criminal de la nuestra? En la prisa. Una persona honrada abre un negocio, un bar, un despacho, un consultorio, y piensa para sus adentros: con suerte, constancia y trabajo, en un año, o dos, o tres, a lo sumo, mi inversión y mis esfuerzos producirán un rendimiento bruto. O neto. Pero el criminal, cuando comete una fechoría, quiere resultados inmediatos. Roba un establecimiento, por el método del butrón o del alunizaje, incluso a mano armada y, díganme, ¿busca rendimiento a largo plazo? No. Busca resultados inmediatos. No sé si me siguen.

—Más o menos —dijo el señor Alibey—. Pero todo esto, ¿cómo se aplica a nuestro caso?

El interpelado movió la cabeza. El sudor le cubría la frente, como si acabara de defender una tesis doctoral ante un severo tribunal. Era evidente que no entendía la pregunta.

Siempre dispuesto a socorrer al afligido, intercedió monseñor Gorostiza:

—Según usted, una vez establecido el *modus operandi* de los secuestradores, ¿cuál es el paso siguiente?

—Ah —respondió Winston con alivio—, eso es fácil: *exceptis excipiendis*, ni podemos ni debemos hacer nada. Si los secuestradores ya cobraron, o sueltan al rehén o lo liquidan. En ambos casos, no nos hemos de preocupar.

Al oír esto la señora Alibey se levantó y fue hacia la cocina.

—¡Se acabó! —dijo—. Voy a llamar a la policía. Y punto.

Se levantó a su vez el exinspector y se alisó la falda.

—¡Se lo prohíbo, señora! —dijo.

—Me da lo mismo —replicó ella—. Yo llamo. Y usted ocúpese de su maquillaje, que me va a manchar la tapicería con esos churretones.

—Señora —dijo el exinspector—, no me obligue a tomar disposiciones. A partir de este momento, todos los teléfonos móviles quedan incautados. Depósitenlos en esta mesita auxiliar y pongan las manos donde yo las vea. Ya sé que no le gusta lo de la pistola, pero si me veo conminado, la volveré a sacar del bolso.

El señor Alibey salió en defensa de su esposa.

—Usted no tiene ni autoridad ni jurisdicción para requisar nada. Está jubilado como policía y desacreditado como persona.

Rebuscaba furioso el exinspector en su Vuitton el arma y habló de nuevo monseñor Gorostiza dirigiéndose al exinspector con timbre de chantre:

—Reconozco a un pecador con sólo verle la cara y *ceteris paribus* también a un sospechoso.

—Tiene razón, monseñor —convino el señor Alibey—. Desde el principio su conducta me ha resultado chocante: su interés en acompañar a ese pobre muchacho para abandonarlo a su suerte en el momento decisivo; su resistencia a la intervención de la policía…

—Y, sobre todo, su atuendo… —añadió monseñor Gorostiza. Y alzando la voz, exclamó—: ¡En nombre del obispado, le exhorto a decir la verdad!

16

Al límite de sus fuerzas, ya de por sí mermadas por la edad y la brega, y avasallado por el ascendiente del prelado, el exinspector cambió su agresividad por mansedumbre: se dejó caer en el sofá, sus facciones se contrajeron como si estuviera a punto de echarse a llorar y, al cabo de un rato, rodeado del desconcierto y la expectación de los presentes, dijo:

—Está bien. Me doy cuenta de que no tiene sentido seguir ocultando la verdad. Confieso haber obrado con doblez, imploro su indulgencia y, sin más preámbulo, paso a contarles lo ocurrido y su porqué. Todo empezó en aquel sencillo funeral en Sants, cuyo difunto era un tipejo de muy baja condición e inferior catadura moral. Su nombre no interesa. Su vida, menos. La describiré como una penosa sucesión de pequeños delitos y otras artimañas encaminadas a procurarse el pan de cada día. Uno, en fin, de esos parásitos que campan por nuestra sociedad como una auténtica plaga hasta tanto alguien no se decida a fumigarlos. El que ahora nos ocupa tuvo, como le correspondía, un final ilícito y violento. Alguien, con causa o sin ella, nos libró de su existencia. Dada la condición del muerto, la policía, desbordada de trabajo en otros ámbitos, no se preocupó de más: un funeral de tercera y al hoyo. Como en su día yo había tratado al difunto, y, añado con orgullo, lo traté como se merecía, acudí al funeral para cerciorarme de que todo se hacía con sencillez y rapidez, como en efecto se hizo. Nada habría sucedido si un periodista novato y corto de luces no hubiese publicado una reseña del acto. Tal vez actuaba sin malicia o tal vez no, pero en cualquier caso provocó una reacción en cadena que ha culminado, al menos por ahora, con la desaparición de su estimada hija de ustedes, a la que probablemente no volveremos a ver.

Al oír esto, y antes de que el exinspector pudiera proseguir su relato, rompieron a llorar al unísono los pobres padres, sin que sirviera de nada que monseñor Gorostiza sugiriera que en aquel preciso momento la nena los estaba mirando desde el cielo. Sólo Winston, que conservaba la calma, oyó un timbrazo y acudió a abrir.

—¡Sea quien sea —gritó el señor Alibey—, dígale que se vaya! ¡No queremos ver a nadie!

Del recibidor llegó la voz de Winston que, en tono convincente, decía:

—El propietario o inquilino de esta vivienda no quiere ver a nadie.

A lo que respondía otra voz:

—¡Papá, mamá! ¡Soy yo!

Salieron los aludidos al recibidor, apartaron de un empellón a Winston y abrazaron a Titina con profusión de lágrimas y suspiros.

Concluidas las efusiones y puesta en el centro del impaciente corro, relató Titina lo ocurrido desde que la víspera había sido llevada con engaño por un motorista a una calle desierta del barrio de Gracia. Allí el individuo que conducía la moto la obligó con amenazas y empujones a entrar en un local oscuro, la metió en una habitación, le quitó el móvil del bolsillo y le dijo que no se asustara, que no le haría ningún daño, que pronto la dejaría volver a casa y que golpease la puerta si necesitaba ir al baño. Nunca vio el rostro del secuestrador, oculto por el casco de la moto primero y más tarde por un pasamontañas. De la comida no tenía queja: para cenar le dieron *nuggets* y para desayunar Choco Krispies con leche y un dónut. Como se aburría, se puso a reflexionar y decidió que ya no estaba enamorada de Ramoncito Valenzuela y sí tenía, en cambio, muchas ganas de volver a boxear, por lo que enrolló el colchón de la cama y estuvo practicando *jabs* y *kicks* hasta cansarse. Entonces extendió el colchón y durmió toda la noche de un tirón. Aquella misma mañana el secuestrador le había vendado los ojos y la había llevado en coche hasta un lugar donde la hizo bajar y le puso en la mano el móvil y un cartoncito. Cuando se quitó la venda que le cubría los ojos, el coche ya se había ido y ella estaba en la Plaza Cataluña, delante de El Corte Inglés. El móvil no tenía batería y el cartoncito era un billete de metro y autobús, gracias al cual pudo regresar a casa.

Maravilla y asombro causó este relato, concluido el cual, el exinspector formuló varias preguntas a Titina acerca de las circunstancias del secuestro y de las personas implicadas en él, a las cuales respondió ella diciendo que no se había fijado. A continuación, el señor Alibey sacó de la nevera una botella de cava, su esposa distribuyó copas entre los presentes y todos brindaron varias veces para celebrar el final feliz de aquel aciago suceso, tras lo cual, monseñor Gorostiza propuso que entonaran un Te Deum a cuatro voces y, en vista de que nadie secundaba la moción, cantó con hombría una ranchera que decía:

Me dices que soy un necio
Porque me ando emborrachando
A pesar de tus desprecios
Yo quiero seguir tomando

Los demás le jaleaban gritando: ¡Ándele! ¡ándele!, hasta que Winston hizo un llamamiento a la cordura al decir:

—¿Ustedes no encuentran algo raro en todo esto?

—¿A qué se refiere? —preguntó monseñor Gorostiza, enojado por la interrupción.

—Pues a las características del secuestro —respondió el interpelado—. En mi opinión, basada en la experiencia, una banda de secuestradores profesionales no elige su víctima al azar, ni acomete el acto a media tarde y en un lugar tan concurrido. El monto del rescate se me hace como absurdo. Y, por último, ¿dónde fue a parar el intermediario? Desapareció en el metro y no ha vuelto a dar señales de vida. Y yo me pregunto si no sería él el verdadero objeto del secuestro y no esta gentil señorita.

—¡Vaya! —exclamó el señor Alibey—, algo de lógica hay en su inferencia. Pero eso, ¿en qué medida nos afecta?

—Eso no me incumbe a mí decirlo, señor. Yo sólo soy el representante de una empresa comercializadora —respondió Winston.

17

—Me llaman el Bruto. Te lo digo de antemano por si tenías intención de razonar conmigo: no merece la pena. Más cosas que contarte no tengo. Me dedico a la delincuencia de gama alta: homicidios y tal. Nada de robar gallinas. Si fuera por mí, yo a ti te daba el pasaporte sin saludar siquiera. Con eficacia y sin pegar la chapa. Si uno ha de liquidar a otro, cuanto antes, mejor. Pero me han encargado también sonsacarte. Antes era distinto: iban dos, uno interrogaba y el otro daba la puntilla. Pero, claro, dos especialistas son dos estipendios y hoy priva el ahorrar. Yo, francamente, de interrogar no sé. Por eso te voy dando conversación. Si tú entiendes de esto y me quieres ayudar, te lo agradeceré. También te agradeceré que te des prisa. Esto también es nuevo: todo lo quieren para hoy, para dentro de media hora, venga, venga. Así no se puede trabajar. Hay cosas que se han de reposar, ¿no te parece? Que fluya el diálogo, nos decían en el curso de escritura. Me habría gustado escribir, pero no me pude dedicar en serio. En fin, el prólogo ya está hecho. Vamos al asunto. ¿Qué me puedes contar? ¡Eh, espera! Lo he de grabar en el móvil y yo con el móvil no me aclaro. Los criminales siempre andamos tirando el móvil, por lo del rastreo, y no tengo tiempo de aprenderme las aplicaciones. A ver, ¿hay que ir a Ajustes o no hace falta?

El que así hablaba era un hombre como de cuarenta años, bajo de estatura, ancho de hombros, corto de cuello, largo de brazos, rudo de rasgos. Ramoncito Valenzuela no lo había visto antes y por su gusto seguiría sin verlo. Desde hacía un buen rato notaba que las cosas no estaban yendo como él pensaba que irían. En la estación de metro, alguien le hizo entrar en el vagón mezclado con el resto de los pasajeros. El procedimiento le pareció algo brusco pero normal y no se inquietó al ver que el exinspector Jarana se inhibía de sus funciones de protector, atraído por la cornucopia de complementos exhibida en el suelo del andén, y se quedaba en tierra. La compañía del viejo travesti le incomodaba y ni su aspecto ni su conducta le ofrecían garantía de protección. No vio quién le había empujado para hacerle subir al vagón ni vio quién le empujaba para hacerle apear en la siguiente estación. A sus espaldas una voz le dijo al oído que siguiera andando hacia la salida. En la calle un coche estacionado en doble fila abrió la puerta trasera. Ramoncito Valenzuela entró, cerró y el coche se puso en marcha. Del conductor del vehículo sólo veía el cogote. Circularon hasta detenerse ante la puerta de un pequeño taller, en una calle del barrio de Gracia. Por señas el conductor del vehículo le indicó que bajara y entrara en el taller, cuya persiana metálica estaba medio subida. Una vez dentro, el acompañante de Ramoncito Valenzuela cerró la persiana metálica y aquél se encontró en lo que parecía un taller de reparación de bicicletas, a juzgar por un manillar, un sillín, un par de neumáticos y otras piezas sueltas. Por toda iluminación había una bombilla colgada del techo. Ramoncito Valenzuela esperó un rato y luego se sentó en el suelo. No tardó en abrirse una puerta de madera por la que entró el hombre cuyo soliloquio inicia este capítulo. Al verlo entrar, Ramoncito Valenzuela se levantó, sacó del bolsillo el dinero del rescate y se lo ofreció con estas palabras:

—Son trescientos euros. Cuéntelos usted mismo si no se fía.

—No hace falta —respondió el Bruto guardándose los billetes en el bolsillo—. A caballo regalado no le mires el no sé qué. Se agradece el donativo.

—De donativo, nada —dijo Ramoncito Valenzuela—. Esta suma es el rescate de Titina.

—No sé de quién me estás hablando —dijo el Bruto—. Por el nombre parece una chica, aunque hoy en día uno ya no sabe qué pensar. ¿Es tu novia?

Ramoncito Valenzuela no pudo evitar sonrojarse al oír la suposición, pero negó con un movimiento de cabeza.

—Pues te debe gustar un montón para haberte metido en este lío por ella —dijo el Bruto.

—Ahí me ha pillado —confesó Ramoncito Valenzuela—. Pero usted, ¿no es el secuestrador?

—No —replicó el Bruto acompañando la respuesta con un gesto de impaciencia—. Yo no me dedico a secuestros. Lo mío es apiolar a quien me mandan. En eso me especialicé y por eso me pagan. Pero, tal como está el mercado en estos tiempos, a veces me toca interrogar, como en tu caso.

—¿Interrogar sobre qué? —preguntó Ramoncito Valenzuela.

—¡El tema del día, hombre! —dijo el Bruto—. Tú escribiste la reseña del funeral.

—Sobre el funeral ya he dicho todo lo que puedo decir —dijo Ramoncito Valenzuela—. No sé nada más. Si supiera algo, le juro que se lo diría. Yo he venido aquí por lo de Titina. Lo otro, sea lo que sea, me trae sin cuidado.

El Bruto estuvo un rato pensando con mucha concentración. Finalmente miró a Ramoncito Valenzuela y dijo:

—Pues no sé qué hacer, francamente. Si no me das la información, no puedo cumplir con el encargo.

—Se me ha ocurrido una idea —dijo Ramoncito Valenzuela—. Devuélvame el móvil y llamaré al padre de Titina. Si alguien sabe algo sobre el funeral, es él. Y de paso, pregunto por Titina.

—Del móvil, ni hablar —repuso el Bruto—. Si lo usas, nos localizan.

—La policía, quizá —dijo Ramoncito Valenzuela—, pero el señor Alibey carece de la tecnología.

Después de reflexionar nuevamente, el Bruto accedió a la petición de Ramoncito Valenzuela. Los riesgos inherentes a la llamada venían compensados por la posibilidad de obtener la información que le habían pedido.

—Pero si tratas de engañarme o si sospecho que estás enviando un mensaje cifrado, te retuerzo el pescuezo —le advirtió.

Ramoncito Valenzuela prometió comportarse con cordura y el Bruto le entregó el móvil que previamente le había requisado.

Dominado por el miedo y el nerviosismo, Ramoncito Valenzuela tardó un buen rato en recuperar el teléfono del señor Alibey y lo marcó poniendo todas sus esperanzas en la posibilidad de que alguien respondiera a su llamada.

En el hogar de los señores Alibey todo eran fiestas y regocijo cuando sonó el teléfono del dueño de la casa. El propio señor Alibey respondió.

—Señor Alibey —dijo Ramoncito Valenzuela al reconocer la voz—, soy yo, Ramoncito Valenzuela. ¿Han tenido noticias de Titina?

—¡Hombre, Ramoncito! —exclamó alegremente el señor Alibey—. ¿Dónde te habías metido? Titina ha vuelto a casa hace un buen rato, gracias a tu valerosa intervención. Ven a celebrarlo con nosotros.

—No puedo, señor Alibey —respondió Ramoncito Valenzuela—. Ahora el que está secuestrado soy yo, y aquí hay un señor que me va a matar si no le proporciono cierta información, de la que no dispongo.

—Caramba —dijo el señor Alibey—, ¿y no puedes neutralizarlo?

—No —dijo Ramoncito Valenzuela—. Es más grande y más fuerte. Es un profesional y va armado. En un enfrentamiento llevo las de perder.

—¿Y pedir refuerzos? —sugirió el señor Alibey.

—No sé a quién —dijo Ramoncito Valenzuela—. Ni siquiera sé dónde estoy. Parece un taller de reparación de bicicletas. No es muy buena descripción, pero no se me ocurre otra mejor.

Ante la gravedad de la situación, el señor Alibey había reclamado silencio y puesto el altavoz del teléfono y todos los presentes escuchaban la conversación conteniendo el aliento para no revelar su presencia.

—¿Y cuál es esa información? —preguntó el señor Alibey.

—Es sobre el funeral que usted ofició hace unos días y yo reseñé para mi desgracia —dijo Ramoncito Valenzuela.

—Ah, sí, pero yo de eso no...—empezó a decir el señor Alibey hasta que un ademán perentorio y unas horribles muecas del exinspector le hicieron comprender la necesidad de ganar tiempo—. Ah, esa información. Por supuesto, por supuesto, lo sé todo y más: tú pregunta sin cortarte un pelo.

Hubo un silencio, al término del cual se volvió a oír la voz de Ramoncito Valenzuela.

—No tengo ninguna pregunta. No sé de qué va el asunto y el señor que está conmigo, tampoco. Me temo que voy a salir mal parado.

—No digas tonterías —protestó el señor Alibey—. Yo te daré una información que satisfará al más exigente. Pero no la tengo a mano. Vamos a hacer una cosa: vuelve a llamarme dentro de media hora y no dejaré ningún punto sin aclarar. ¿De acuerdo?

—El señor que está conmigo dice que sí —dijo Ramoncito Valenzuela—. Pero antes de colgar, me gustaría hablar con Titina, si está ahí.

—Estoy aquí —dijo Titina—, ¿qué quieres?

—Nada —dijo Ramoncito Valenzuela en tono titubeante—, sólo pedirte disculpas por lo que pasó en Santa María del Mar. Yo no llegué tarde a la cita, al contrario, llegué demasiado pronto y estuve esperando, pero entonces creí ver lo que no había, como hago siempre, y me puse a seguir a un individuo y entonces llegaste tú y como yo no estaba, te secuestraron a ti en vez de secuestrarme a mí. Siento mucho que hayas pasado un mal rato por mi culpa. Sólo era eso.

No sabía cómo responder Titina a las palabras de Ramoncito Valenzuela y, mientras pensaba unas frases que estuvieran a la altura de las circunstancias, se cortó la comunicación. Hubo una pausa dramática en el salón, hasta que Winston tomó la palabra para decir:

—He anotado el número de teléfono. Llamaré a la empresa y si tiene contrato con nosotros, algo podremos averiguar. La ubicación de la llamada no me la dirán, claro. A lo sumo, el tipo de tarifa que se le aplica, y aun eso es confidencial.

En el taller de reparación de bicicletas, el Bruto se desahogaba:

—¡Pero qué majos sois los jóvenes de hoy en día, me cago en la mar! Y qué bien tratáis a las mujeres. Cuando yo tenía tu edad, a las tías las tratábamos fatal, y encima les exigíamos respeto y sumisión. Cuando veo cómo han cambiado los tiempos, me embarga la emoción. La verdad es que soy un sentimental. Siempre lo he sido. Don Torcuato Alvarado, maestro de delincuentes, que Dios le tenga en su gloria, siempre me lo decía. Me decía: Bruto, porque fue él el que me puso el mote, Bruto, me decía, eres un sentimental. Para el oficio tienes aptitudes, talento y vocación, pero te pierde el sentimentalismo. Y tenía toda la razón, porque yo, a la que oigo un bolero, se me llenan los ojos de lágrimas ¿Y qué puedo hacer, don Torcuato?, le pregunté. Y él me respondió: nada, Bruto, contra los sentimientos no se puede luchar. Lo importante, dijo, es no armarse un lío. Cuando tengas un encargo, tú primero matas y luego lo lamentas. Si lo haces por este orden, no tendrás problemas.

18

Sonó el móvil en el bolsillo del exinspector, el cual se fue a responder al recibidor para oír y hablar sin ser oído. Al reconocer la voz del que llamaba se puso firmes.

—A sus gratas órdenes, don Basilio —susurró.

—Sólo de boquilla, Jarana —respondió secamente su interlocutor—. Te dije que me tuvieras informado y hace horas que no sé nada.

—Perdone, don Basilio —dijo el exinspector—, pero esto es la casa de tócame Roque. En cuanto al tema que nos ocupa, puedo decirle, con la satisfacción del deber cumplido, que está saliendo a pedir de boca. Los secuestradores soltaron a la chica sin tocarle un pelo, se quedaron con el chico y en estos momentos están a punto de darle el pasaporte.

—¡Coño, Jarana, tampoco es eso! —exclamó su interlocutor—. Una cosa es hacer un favor a un amigo con problemas de liquidez y otra distinta es complicitar con el sindicato del crimen. El chico es un tontaina y un incordio, pero no sabe nada que nos pueda perjudicar. En cambio, si aparece muerto, se puede convertir en un *casus belli*.

—Mecachis, don Basilio —dijo el exinspector—, no había caído. Y tampoco se me ocurre qué podemos hacer.

—A mí sí —dijo su interlocutor—. Ve a buscar al chico y sácalo de donde esté sin perder un minuto.

—Pero ni siquiera sé dónde lo tienen —exclamó el exinspector—. El chico dijo algo de un taller de reparación de bicicletas. Nada más.

—Es suficiente —dijo su interlocutor—. Estará en lo que llamamos un piso franco. Te pasaré la dirección por WhatsApp. Ve inmediatamente y tráete al chico. Pobre de ti si sufre algún daño. Y tenme al corriente. ¿Vas de tonadillera?

—Sí, don Basilio —se excusó el exinspector—. No he tenido tiempo de cambiarme.

—Procura no hacernos quedar en mal lugar, Jarana —le conminó su interlocutor.

—Llevo los faralaes con honor, don Basilio —replicó el exinspector.

—Tú sabrás —dijo su interlocutor antes de cortar la comunicación.

Esperó un rato hasta recibir la dirección del taller que le había prometido su superior y regresó al salón, donde la reunión ya iba de baja.

—La compañía es muy grata, pero he de irme —anunció.

—Nosotros también nos íbamos —dijo monseñor Gorostiza.

—Yo proponía pedir unas pizzas y continuar la celebración —dijo el señor Alibey.

—Ustedes pueden hacerlo —dijo el exinspector—, porque son personal civil, pero a mí me obliga el cargo.

—¿Otro secuestro? —preguntó Winston.

—El mismo —dijo el exinspector—. No puedo entrar en detalles hasta tanto no se levante el secreto del sumario, pero salgo en busca de ese pobre muchacho, cuya vida peligra.

—En tal caso —dijo monseñor Gorostiza—, le acompañaré. La Iglesia tiene a gala mediar en los conflictos, incluso en los que ella misma organiza, como se vio en el Concilio de Nicea, por citar un ejemplo.

—Yo también iré con ustedes —dijo Winston—. Mientras buscamos, puedo seguir haciendo llamadas a clientes potenciales. Como siempre me mandan a la mierda, lo mismo da desde dónde llame.

—Pues yo también iré —dijo Titina en un tono que no admitía réplica—. Al fin y al cabo, yo fui el desencadenante de esta situación, primero fingiendo tener una información que no tenía y luego citando a Ramoncito Valenzuela por puro capricho.

Tan firme era su determinación, que sus padres no se atrevieron a contradecir su voluntad. Y de este modo se formó el pelotón de rescate.

19

Como la dirección de que disponía el exinspector Jarana estaba lejos del domicilio de los señores Alibey, nadie tenía coche, los transportes públicos no eran de fiar y el tiempo apremiaba, convinieron llevar a cabo la operación en taxi, si bien nadie parecía dispuesto a pagar la cuenta: el exinspector aducía haber dejado la cartera para poder llevar el arma reglamentaria en su bolso exquisito y diminuto; monseñor Gorostiza alegaba haber hecho voto de pobreza, y Winston dijo ser pobre sin haber hecho ningún voto en tal sentido. Finalmente, Titina se avino a costear el transporte con el dinero de su asignación semanal, que en aquel momento llevaba en la mochila y que sin duda su padre le reintegraría al regreso. Con este acuerdo pararon un taxi y le pidieron que los llevara a la calle Tordera.

Durante el trayecto dijo Winston:

—He estado pensando y propongo un cambio de metodología. Estamos procediendo sobre la hipótesis de que a ese muchacho lo secuestraron los mismos que secuestraron a la señorita, pero tal vez estemos siguiendo una pista falsa.

—Aclare su propuesta —dijo monseñor Gorostiza.

—Digo yo —prosiguió Winston— si no deberíamos primero hablar con los padres del muchacho. En mi tierra con frecuencia los secuestradores de un muchacho o de una muchacha son los propios padres de él o de ella; luego hacen una colecta entre familiares y amigos, el secuestrado reaparece indemne y los padres se quedan con la platita. Así ocurrió con unos conocidos míos, hasta que, a la tercera, vino el interventor, o lo que ustedes llaman el alguacil, y los llevó a todos presos.

—Pues le voy a decir una cosa —dijo el exinspector—. Esto aquí no pasa. En España se respetan los vínculos familiares.

—En mi país también —replicó Winston—, pero allí hay más necesidad.

—Y menos moralidad —sentenció el exinspector.

—No juzgue al prójimo con severidad —le corrigió el prelado—. Quizá les falta cultura sin tener ellos culpa alguna.

—Cultura teníamos de sobra —dijo Winston con firmeza— hasta que llegaron los conquistadores, arrasaron con la que había, nos impusieron la suya y al irse dejaron el país hecho basura.

—¡No, si aún serás de los que exigen que pidamos perdón por haberos civilizado! —exclamó el exinspector—. Mira, Winston, si yo fuera el rey de España, ¿sabes lo que haría? Pues llamaría a uno de esos caciques que andan protestando y le diría: ven a Madrid, que te voy a pedir perdón. Y cuando lo tuviera en Madrid, lo llevaría a la Puerta del Sol, le daría cincuenta latigazos y le diría: ¡Ya te puedes volver a tu país, caraculo!

—Muy absolutista le veo a usted —medió monseñor Gorostiza—. Todas las civilizaciones tienen sus méritos y todos los hombres somos hermanos.

—Si quiere considerarlos hermanos, allá usted, mosén —dijo el exinspector—. Yo no quiero tener nada que ver con estos caníbales.

—Ni yo azuzar la polémica —dijo Winston—. Pero déjeme decirle que por menos se han armado guerras, como la que hubo entre los motilones y los pachucos, allá por el mil novecientos. Ustedes no se enteraron, porque están lejos y los nativos no les importamos nada, pero fue una buena escabechina.

Entretenidos en esta polémica habían llegado a su destino. Despidieron al taxi, después de haber abonado la carrera, y se encontraron, solos y perplejos, ante la persiana metálica de un taller de reparación de bicicletas.

Extremando la cautela, entre Winston y el exinspector levantaron un poco la persiana metálica y los cuatro se introdujeron por la abertura. A la escasa luz procedente del exterior, distinguieron un par de bicicletas colgadas de una pared mugrienta, varias piezas sueltas, herramientas y algunas latas de aceite.

—Aquí no hay nadie —rezongó el exinspector—, y como ya no tenemos otro lugar a donde ir, propongo dar por concluida la operación.

—No nos rindamos tan pronto —dijo Titina—. Si la puerta metálica estaba entreabierta, por fuerza hay alguien o lo ha habido hasta hace poco, o ya habrían entrado a robar el material. Si miramos bien, encontraremos una pista.

—Bah —dijo el exinspector—, con tanto pringue sin duda encontraremos muchas huellas digitales, pero no nos servirán de nada.

—Tal vez haya una puerta secreta —sugirió Winston—, o una trampilla.

—O alguien escondido —dijo una voz desde un rincón oscuro. Y al punto añadió—: ¡Manos arriba! Tengo una pistola y donde pongo el ojo pongo la bala.

Los cuatro levantaron las manos mientras la persona que había hablado avanzaba hacia ellos. Cuando pudieron distinguir sus facciones, el exinspector profirió un gruñido y dijo:

—¡Pero si es el Bruto!

El interpelado se detuvo y, sin dejar de apuntarles con la pistola, se rascó la cabezota con la mano libre.

—¿De qué me conoce, señora? —preguntó.

—De señora, nada —respondió el exinspector con voz varonil y tono enérgico—. Para los demás soy el exinspector Jarana. Para ti, además, el que te metió en chirona varias veces.

—¡Hombre, Jarana! —exclamó el Bruto—. ¡Cuánto tiempo! ¿Y qué te trae por aquí, jubilado y vestido de manola?

—El deber, Bruto —replicó el exinspector—, el deber y la conciencia. Sabemos que tienes al chico en tu poder. Si no te lo has cargado ya.

—¿Podemos bajar los brazos, señor Bruto? —dijo monseñor Gorostiza—. Me está dando un calambre y tan inofensivo soy con los brazos arriba como abajo. *Pax in terra hominibus bonae voluntatis.*

—¿Y éste quién es? —preguntó el Bruto.

—Un santo varón y un sabio —respondió el exinspector—. Ni se te ocurra tocarle un pelo. Este otro —añadió señalando a Winston— es un bandarra que pretende que España pida perdón por la heroica gesta.

—¿El Dos de Mayo? —preguntó el Bruto.

—Quia —dijo el exinspector—. La conquista de América, ya sabes: Colón, Cortés, Pizarro... Hasta por el Coyote quiere éste que pidamos perdón.

—Pues no les falta razón, mira lo que te digo —opinó el Bruto.

—Tú, con tal de disentir, te apuntas a cualquier dislate —dijo el exinspector.

—Oigan —terció Winston—, a mí déjenme al

margen: yo ni he sacado el tema ni me importa un carajo.

—Buena tropa te has agenciado, Jarana —comentó el Bruto. Y luego, señalando a Titina, dijo—: Tú debes ser Titina, la novia de Ramoncito. ¡Un chaval bien majete! Me caía de puta madre. Ha sido una lástima, la verdad, una verdadera lástima.

—¿Qué quiere decir? —gritó Titina.

—No te lo tomes así, nena —respondió dolido el Bruto—. Cada uno ha de cumplir con su deber, como dice Jarana. A tu edad esto no es grave: ya encontrarás a otro. Eres mona y tal. Quizá deberías mejorar el carácter. Y la manera de vestir, que vas un poco indecente. Entre los perifollos de Jarana y estos harapos ha de haber un término medio, digo yo.

Al oír esto, Titina perdió los estribos:

—¡No me trates como si fuera tonta, gorila de mierda! —dijo colocándose delante de Bruto.

Escandalizado por una reacción tan impropia de una niña bien educada, el Bruto se quedó con la boca abierta y Titina aprovechó la momentánea desconcentración para propinarle un golpe con la rodilla y otro con el codo, como le habían enseñado en las clases de muay thai. Los golpes no le derribaron, pero le hicieron perder por un segundo el equilibrio. Con admirable rapidez, el exinspector aprovechó la ocasión para meter la mano en el bolso y disparar. No era el Bruto hombre de dejarse vencer tan fácilmente: de un tortazo apartó a Titina, disparó contra el exinspector y habría seguido disparando si monseñor Gorostiza no se le hubiera echado encima y Winston no hubiera agarrado con las dos manos un manillar de bicicleta y golpeado en la cabeza al Bruto, dejándolo despatarrado en el suelo.

—¡No a la violencia! —exclamó monseñor Gorostiza.

Reinó de nuevo la calma en el taller.

—Este hombre está malherido —dijo Titina señalando al exinspector, que se había sentado en el suelo y apoyaba la espalda contra la pared, mientras crecía una mancha oscura en la pechera de su vestido.

—Ídem este malnacido —dijo Winston, inclinado sobre el cuerpo exánime del Bruto—. Para mí que le partí la chola.

—Llame a la policía —dijo monseñor Gorostiza.

—Yo, ni por pienso —replicó Winston—. Si me veo involucrado en un homicidio, ya no podré seguir pregonando las ventajas de la compañía de telecomunicaciones ELGORDI S. A. Mejor llamo a una ambulancia. Luego salimos de aquí y una vez fuera alertamos a la policía.

Monseñor Gorostiza se había arrodillado al lado del exinspector.

—¿Desea que le administre la extremaunción? —preguntó al herido.

—Perdone, mosén, pero esto es serio —respondió el exinspector señalando la mancha de sangre—. Ahora, si quiere hacerme un favor, se lo agradeceré.

—Lo que tú quieras, hijo mío —dijo el prelado.

—Si me han de llevar al hospital, donde ingresaré cadáver —dijo el exinspector con un hilo de voz—, no quiero ir vestido así. ¿Le importaría prestarme su traje?

—¿Y yo? —dijo el prelado.

—Póngase mi ropa —dijo el exinspector—. Los curas siempre han llevado faldas. El bolso da igual, porque con el disparo está inservible. Veinte euros he pagado por él esta misma mañana. Ya ve usted lo imprevisible del destino.

—Señorita Titina —dijo Winston—, será mejor que llame usted por teléfono a la ambulancia. Yo, cuando digo: hola, mi nombre es Winston, ya me cuelgan.

Llamó Titina y le prometieron acudir sin tardanza. Sin más que hacer, resumió Winston el sentir general con esta sabia reflexión:

—Ya ven a dónde conduce la malquerencia. Dos, medio difuntos, yo a punto de perder mi trabajo; monseñor, travestido y a punto de ser suspendido *a divinis*; la señorita Titina, a punto de andar en lenguas, y todo por salvar a un pobre muchacho que a estas horas ya debe estar haciendo compañía a los peces.

LA INTRIGA

1

De resultas de operaciones financieras de alto riesgo, el señor Rialles y Rialles estaba metido en un buen lío. No sólo se veía al borde de la bancarrota, sino también de un escándalo de grandes proporciones, porque como consecuencia de la bancarrota saldrían a relucir sus actividades económicas y en sus actividades económicas el señor Rialles y Rialles siempre había recurrido al engaño, el abuso de confianza, el fraude, el soborno y la extorsión. Para colmo de males, su suegro era el vicepresidente segundo del Banco Central Europeo, y la ruina del señor Rialles había de ocasionarle un perjuicio irreparable. Por otra parte, recabar la ayuda de su suegro habría sido no ya inútil, sino contraproducente: Monsieur Caminoy, como le llamaban en las altas instancias europeas, era enemigo acérrimo de los chanchullos, su honradez era proverbial, profesaba una ideología ferozmente conservadora y su religiosidad rozaba el fanatismo: a las doce del mediodía, allí donde se encontrase, siquiera en una reunión de la máxima trascendencia, interrumpía toda actividad para rezar el ángelus; comía duelos y quebrantos los sábados, pese a la dificultad de encontrar dichos productos en Frankfurt, y durante la Semana Santa acudía a las reuniones del Banco Central Europeo vestido de nazareno.

El hombre de confianza del señor Rialles era conocido por el sobrenombre de Manolito el Sentencioso. Era doctor en Economía y Dirección de empresas por las Universidades de Barcelona, Cambridge y Yale, aunque nunca había pisado un aula ni había leído un libro sobre la materia. Sus licenciaturas eran imaginarias, sus títulos eran falsos y de ambas cosas se enorgullecía Manolito el Sentencioso, porque, según él, la ignorancia mantenía intacto su espíritu práctico y su sentido de la realidad. El señor Rialles y Rialles no daba un paso sin consultar antes con Manolito el Sentencioso y más aún en las circunstancias presentes, de las que, naturalmente, estaba éste al corriente, tanto más cuanto que había contribuido a ellas con sus acciones y su asesoramiento.

—En el siglo XX, una situación como la presente habría acabado en la miseria y la cárcel —dijo respondiendo a la consulta del señor Rialles—; en el siglo XIX se habría resuelto con un honorable suicidio. ¿Cuál de las dos soluciones le parece más adecuada a nuestro siglo, señor Rialles?

—Hombre, Manolito, ninguna de las dos —dijo el señor Rialles—. La cárcel no me hace ninguna gracia, pero sólo mencionar la palabra suicidio ya me dan retortijones.

—No dramatice, señor Rialles —rio Manolito el Sentencioso—. Estamos en la era de la realidad virtual: lo importante no son los hechos, sino las categorías.

—No te entiendo, Manolito —dijo el señor Rialles.

—El distingo es fácil —dijo Manolito—. En la práctica, usted sigue vivo, pero entra en la categoría de los difuntos y se acabó el problema.

—Ah, ya veo —dijo el señor Rialles—: un suicidio fingido. No es mala idea. Pero ¿cómo lo hacemos?

—Paso a paso —respondió Manolito—. En primer lugar, necesitamos un fiambre. La realidad puede ser virtual, pero alguien la tiene que certificar. Luego se oficializa inscribiéndola en el registro y todos contentos.

—¿Y de dónde sacamos el muerto? —quiso saber el señor Rialles—. ¿Del cementerio, como don Juan Tenorio?

—No, no —dijo Manolito—. Ésos ya están registrados. Hemos de fabricar un muerto y hacerlo pasar por usted. No hace falta que se le parezca de cara. Ni siquiera de edad o de hechuras. Basta con falsificar el ADN. Para rematar la jugada, montamos un funeral por todo lo alto, los medios se hacen eco y así disipamos cualquier duda. Mientras tanto, usted desaparece. Cambia de país y de identidad. Con el dinero que tiene en paraísos fiscales, no habrá problema. Sólo ha de decidir si prefiere playa y daiquiri o esquí alpino y *fondue* de queso.

—Mi mujer y mis hijos se llevarán un buen disgusto —comentó el señor Rialles.

—Al principio sí —admitió Manolito—. Se quedarán sin usted y sin un céntimo. Luego todo volverá a su cauce: su suegro proveerá y el tiempo mitiga las penas. Más adelante, si le parece, podemos contarles la verdad y organizar un reencuentro.

—Todo me parece bien —dijo el señor Rialles después de sopesar un rato los pros y los contras de la proposición de su subordinado—, salvo lo del muerto. No tengo una conciencia demasiado escrupulosa, pero la sola idea de fabricar un cadáver... En vez de una persona ¿no podríamos utilizar un cerdo? He leído que tenemos mucho en común, desde el punto de vista morfológico.

—Señor Rialles, hasta la credulidad humana tiene límites —le reconvino Manolito el Sentencioso—. Para hacer las cosas bien, hemos de hacernos con un ser humano. Pero no se espante antes de hora. Todavía estamos en la fase preparatoria: podemos dar marcha atrás. Luego ya no podremos. En ambos casos, entre el libre albedrío y lo inevitable, la conciencia tranquila.

—Y tú, ¿qué sales ganando, Manolito? —preguntó el señor Rialles.

—El placer del deber cumplido —respondió Manolito el Sentencioso— y alguna comisión.

Inmediatamente después de haber mantenido esta conversación, Manolito el Sentencioso se puso en contacto con la persona indicada para llevar a término sus propósitos y le pidió que buscara a un hombre cuya desaparición pasara inadvertida.

—Un marginado, pero no sin papeles —precisó—: necesitamos un difunto físico y legal. Es para una sustitución. Tú ya me entiendes.

—Te costará un dinero, Manolito —le advirtió el otro.

—Te lo pondré donde tú me digas —dijo Manolito el Sentencioso—, pero no abuses: no están los tiempos para despilfarros.

—Precios de mercado, Manolito —replicó el otro—. ¿Para cuándo lo necesitas?

—Pronto —dijo Manolito el Sentencioso—. Tú tenlo todo a punto para cuando yo te avise y así no perdemos tiempo.

—Cuenta con ello —dijo el otro.

Finalizada la llamada, la persona con quien Manolito el Sentencioso había contactado hizo otra.

—Nada de nombres —dijo en cuanto obtuvo respuesta—. Me han encargado un trabajillo. ¿Cuento contigo?

—Siempre a sus órdenes, don Basilio —respondió el interpelado.

2

El fructífero diálogo con su subordinado había tranquilizado al señor Rialles y Rialles respecto de su futuro, pero más tarde, mientras iba de la oficina a su casa, sita en un ático de la calle Ganduxer, pensaba en su mujer y en sus hijos y le asaltaba el desasosiego. A sus dos hijos los seguía manteniendo, pero apenas si tenía contacto con ellos: el mayor componía música electrónica en Ibiza y el menor cursaba en Ámsterdam un máster sobre diseño postural y holismo desde hacía cuatro años. Si tenían o no pareja estable, el señor Rialles lo ignoraba. Con su mujer convivía en un estado de cordial entente: el señor Rialles sentía hacia ella un sincero afecto y, como no le veía ningún atractivo ni físico ni de ningún otro tipo, daba por sentado que ese sentimiento sólo podía ser amor verdadero. Esta vaga noción y un anticuado sentido del deber inculcado en la niñez por los cómics y algún maestro porfiado y metomentodo le impedían dejarla abandonada de un modo tan dramático, aun a sabiendas de que ella, pasado el shock inicial, no se quedaría sola ni abatida por mucho tiempo. Por otra parte, si renunciaba al plan, le ahorraría el disgusto de su desaparición a cambio de implicarla en la ruina y el escándalo. Una solución intermedia consistía en hacerla partícipe de sus planes, pero de inmediato rechazó la idea por impracticable. El mero conocimiento de los hechos la convertiría en cómplice de una acción de dudosa legalidad y, por si eso fuera poco, una vez consumado el falso suicidio, ella sería el centro de atención de investigadores, medios de comunicación, amigos y perjudicados, lo que la obligaría a un fingimiento continuo y prolongado, del que ella no era capaz: tarde o temprano confesaría la verdad, el enredo saldría a relucir y todos resultarían perjudicados.

Decidido finalmente a llevar a cabo el plan de fuga sin decírselo a nadie, en cuanto el chófer abrió la puerta del coche para que se apeara frente a su casa, adoptó un aire concentrado, de dolorosa preocupación, del que, en un día o dos, pasaría a otro de honda depresión, y así prepararía el terreno para el trágico desenlace. Respondió con un gruñido al conserje primero y luego a la sirvienta que le franqueó la entrada y fue en busca de su mujer con paso vacilante y ceño fruncido. Ella, sin embargo, salió a su encuentro desbordante de alegría y, sin reparar en el estado de ánimo que proclamaban sus facciones, le dijo:

—¡Acabo de hablar con papá!

Siempre abrumado por el trabajo y por el peso de la responsabilidad que recaía sobre sus hombros, las llamadas de su suegro eran infrecuentes y por lo general no auguraban nada bueno.

—¿Qué le pasa? —preguntó el señor Rialles sin desprenderse de su doliente máscara.

—¡Una cosa estupenda! —respondió su mujer—. Este semestre le toca presidir el Comité ad hoc para el Análisis Interestatal de las Estructuras Financieras y se le ha ocurrido celebrar la reunión en Barcelona. ¡Qué te parece! Es una gran oportunidad para nuestra ciudad.

—Oh —dijo el señor Rialles—. ¿Y cuándo es esa reunión?

—El martes de la semana que viene —repuso su mujer.

En el rostro del señor Rialles la expresión de amargura se convirtió en una mueca de contrariedad, pero su mujer, ajena por completo a sus visajes, no le dio tiempo a calibrar las consecuencias que aquel evento imprevisto había de tener sobre su plan.

—No nos queda más remedio —prosiguió la mujer del señor Rialles— que dar una cena en casa para los miembros del Comité. No te asustes: sólo son cinco miembros, además del presidente. Quizá algún intérprete. Y las autoridades locales, por supuesto. Como todavía hace buen tiempo, serviremos la cena en la terraza. Ya he encargado el *catering* a Semon. Antes averiguaré la nacionalidad y las creencias de los invitados, no vayamos a meter la pata, como cuando le dimos mejillones y gambas a un jasídico. Y para animar la velada estoy tratando de localizar a Joan Manuel Serrat. Es difícil, ya lo sé, pero cuando le diga que se trata del Comité ad hoc para el Análisis Interestatal de las Estructuras Financieras lo dejará todo para venir. Tú anula los compromisos que tengas para ese día y, si no tienes ninguno, no lo contraigas.

A la mañana siguiente el señor Rialles llegó muy preocupado a la oficina y de inmediato convocó a su mano derecha y le puso al corriente de la visita de su suegro y la cena en su propia casa.

—La operación se aplaza, Manolito —dijo a modo de conclusión—. El remedio sería peor que la enfermedad. Un suicidio, siquiera fingido, en plena reunión de un Comité de no sé qué tendría consecuencias de gran alcance; probablemente afectaría a toda la zona euro.

—Es, en efecto, un contratiempo —reconoció Manolito el Sentencioso—, pero el operativo ya está en marcha y no hay quien lo pare. Esté preparado: dentro de poco recibirá instrucciones.

El señor Rialles estaba acostumbrado a dar instrucciones y no a recibirlas; ahora, sin embargo, las circunstancias habían cambiado y el señor Rialles vivía acongojado pensando que en cualquier momento y lugar podía recibir una llamada telefónica que lo pusiera en evidencia. Por suerte o por desgracia, en su casa habían comenzado los preparativos para la recepción del Comité ad hoc y el nerviosismo reinante ocultaba el suyo propio. La cortés pero firme negativa por parte de Joan Manuel Serrat a participar en el evento tenía a su mujer desorientada y furiosa. Él se lo pierde, se había limitado a murmurar. Ya no había tiempo para buscar a otro artista cuya actuación hiciera de la reunión una velada inolvidable. A través de la secretaria de su padre había averiguado la identidad de los componentes del Comité ad hoc: tres hombres y dos mujeres. Todos tenían previsto viajar a Barcelona sin sus respectivas parejas. Ninguno de ellos era celiaco.

Dos días más tarde, Manolito el Sentencioso entró alborozado en el despacho del señor Rialles y le dijo:

—Traigo buenas noticias: ya han localizado a un sujeto idóneo para nuestros fines. Es un hombre de cierta edad, por lo que abreviarle la existencia no es grave, si bien, según parece, goza de buena salud. Por lo demás, es un pobre diablo y su pasado es una cadena sin fin de delitos e infracciones; varias veces ha sido detenido, juzgado y encarcelado y en una época estuvo recluido en un manicomio. Ya ve usted qué alhaja. Carece de bienes raíces, así como de familiares próximos o lejanos, salvo una hermana decrépita y demenciada que en su día ejerció la prostitución callejera. A fuer de ser sincero, eliminar a semejante punto no es tanto un crimen como un desescombro.

Mientras su subordinado hablaba, la frente del señor Rialles se ensombrecía: su carencia de escrúpulos no le blindaba contra cierto tipo de reparos.

—¿Se parece a mí? —preguntó sin saber muy bien cómo iba a reaccionar si la respuesta era afirmativa.

—Como un huevo a una castaña —rio Manolito el Sentencioso—. En lo físico y en lo moral, es la antítesis de usted, que es un dechado de elegancia, cultura y *savoir faire* en todo momento y lugar.

Aquella misma tarde el señor Rialles recibió en su móvil una llamada de un número desconocido y una voz masculina le dio cita al día siguiente en un bar cuyo nombre el señor Rialles anotó en un papel, lo buscó en Google Maps y de inmediato quemó el papel, como había visto hacer en las películas.

Poco antes de la hora convenida el señor Rialles se hizo llevar por su chófer a la puerta de un hotel donde comentó que le esperaba un cliente extranjero. Allí despachó al chófer hasta el día siguiente. Cuando hubieron desaparecido coche y chófer, caminó hasta el bar donde había sido citado. Era una cafetería vulgar, mal iluminada y maloliente, frecuentada por hombres rudos que bebían cerveza a morro, hablaban poco y miraban de reojo. De las paredes de la cafetería colgaban banderines de un equipo de fútbol de segunda división. Apenas entrado, un hombre cuyo aspecto no desentonaba con el resto de la clientela le hizo señas. El señor Rialles se sentó a la mesa del desconocido. Puso las manos sobre la mesa y las retiró de inmediato al notar que estaba pegajosa.

—Le he citado aquí —dijo el desconocido—, porque en este tugurio no encontraremos a ningún conocido, ni mío ni de usted. Cuando venga el camarero pida algo, sin hacer ascos. Mientras tanto, vamos al grano. ¿Dónde tiene pensado celebrar el funeral? Me refiero al suyo.

—No he pensado nada —respondió el señor Rialles.

—Mal hecho —rezongó el desconocido—. ¿Tiene seguro de entierro? Supongo que no. Los ricos nunca tienen seguro de entierro. Los pobres sí. Para no ser un gravamen, y también por miedo a irse de este mundo como han vivido: sin ceremonia.

—¿No podríamos dejar todo esto en manos de mi familia? —preguntó el señor Rialles.

—No —dijo el otro—. No podemos correr el riesgo de que quieran hacer algo en la intimidad. Hemos de montar un circo. Los tanatorios, excluidos. Necesitamos una buena iglesia, con muchos cirios. En los tanatorios no hay cirios. Y con un órgano. Cuanto más publicitemos su defunción, más creíble resultará. Para eso no podemos perder tiempo: las iglesias bonitas tienen lista de espera, con lo de las bodas y tal.

—¿No se opondrá la iglesia a celebrar las exequias de un suicida? —preguntó el señor Rialles.

—¡Ca! —dijo el otro—. El suicidio será un secreto a voces, pero no oficial. La iglesia hará la vista gorda, con tal de que encarguemos muchos cirios y muchas flores. También habrá que preparar a los medios de difusión: prensa general y especializada, radio y televisión, algún podcast y las redes sociales. Vendría bien un homenaje en la Cámara de Comercio, el Círculo de Economía, la asociación de exalumnos de su colegio... Todo esto sin revelar nada, por supuesto.

—Por supuesto —asintió el señor Rialles—. Y cuando pase lo que ha de pasar, ¿yo dónde me meto?

—Buena pregunta —dijo el otro.

—Lo mejor sería que estuviera fuera de España —sugirió el señor Rialles.

—Ni hablar —dijo el otro—. Si desaparece antes, se va todo a pique. Usted ha de estar bien visible hasta el último momento. Y luego, nada de salir pitando: es arriesgado. Avión, barco, tren y autocar de línea, descartados. El coche también: puede haber un accidente o una avería o a la policía se le puede ocurrir hacer un registro en la frontera. Lo mejor es que se esconda unos días, hasta que pase el ruido. ¿Tiene dónde? La segunda residencia no vale. Tampoco un hotel. Ni la casa de un familiar, amigo o conocido. En estos casos, los detalles son lo esencial. Una chapuza, y al talego de por vida.

3

En Barcelona era conocida como la baronesa Pía. El título nobiliario le venía de un marido calabrés, visto y no visto, de pretendido abolengo. El nombre se lo puso ella misma y, como la pérfida Turandot, enviaría al cadalso a quien supiera cuál le pusieron en la pila bautismal. Los pocos que sabían su apellido no veían la necesidad de utilizarlo. También la edad era un secreto, si bien su aspecto daba a entender que no volvería a cumplir los cincuenta; había dejado de teñirse el pelo; siempre iba bien vestida: solía usar modelos discretos de Dior y otras marcas similares; por toda alhaja llevaba un anillo con un brillante bastante grueso. Recibió al señor Rialles en su despacho, en el noveno piso de un edificio de oficinas de la Avenida de Sarriá. En su mesa no había nada: ni un papel, ni un ordenador, ni siquiera un teléfono móvil.

—No sé por qué tendría que ayudarte —dijo la baronesa Pía cuando el señor Rialles le hubo expuesto el caso sin omitir ningún detalle: en ella podía confiar—. Si te ayudo asumo un riesgo y no gano nada: como hombre de negocios estás acabado y como hombre, a secas, lo mismo. Si vas a desaparecer ya no me sirves para un pimiento.

Astutamente el señor Rialles callaba a la espera de que ella misma respondiera a su pregunta.

—Sin embargo, no soy ingrata —dijo la baronesa Pía después de una breve pausa—. Tú me ayudaste a montar este tinglado, me has ayudado en momentos difíciles, siempre me diste buenos consejos, y cuando el confinamiento no habría salido a flote sin tu lealtad y la de otros como tú.

—El mero hecho de recordarlo ya te honra —dijo el señor Rialles—. No esperaba menos y si he acudido a ti es porque te conozco y conozco tu elevado sentido moral. No podrías llevar esta empresa si no lo tuvieras. Cuando se vive y se trabaja al margen de la ley, el buen concepto que uno tiene de sí mismo es un bien inmaterial tan importante como el dinero. Los poetas mediocres, los cantautores y los seriales de la televisión nos pintan como fieras desalmadas, pero los negociantes corruptos somos los últimos románticos en esta era de fariseísmo.

La baronesa Pía suspiró y levantó la mirada.

—Dime cómo te puedo ayudar —dijo en tono resignado—. En mi casa no te voy a alojar.

Con un movimiento de cabeza el señor Rialles señaló la pared de la izquierda. Un tabique separaba el despacho de la baronesa de otro despacho de similares dimensiones en cuya puerta un rótulo de latón decía:

CONSULADO GENERAL DE LAS ISLAS TORTOSAS
COMERCIO EXTERIOR
EXPEDICIÓN DE VISADOS

Las islas Tortosas no se encuentran en Google Earth ni en Wikipedia. Una página web patrocinada por un ente anónimo las sitúa en el Pacífico Sur, entre Tuvalu y Tokelau. Es un pequeño archipiélago compuesto de tres islas relativamente grandes (Gran Tortosa, Pequeña Tortosa y Lo Tortosí) y un sinfín de peñascos deshabitados. Una foto muestra una playa desierta, con palmeras. Fue colonia francesa y luego británica hasta su independencia, en 1996; dos años más tarde ingresó en la ONU; sus principales fuentes de riqueza son la pesca, el coco y el coral. Para llegar a ellas hay que volar a Antananarivo, capital de Madagascar, y allí tomar un ferry. Esta última información arredra y disuade al viajero más esforzado. Por supuesto, todo lo que antecede es falso.

—¡Por el amor de Dios! —exclamó la baronesa Pía—. Las islas Tortosas no existen. Tú mismo contribuiste a crear este espejismo geográfico.

Las islas Tortosas formaban parte de una empresa de servicios gestionada por la baronesa Pía, cuyo objeto social era satisfacer los caprichos de los ricos y a veces sus necesidades más perentorias, como en el caso presente.

—Déjamelo pensar —dijo la baronesa Pía.

—No lo pienses mucho —dijo el señor Rialles—, porque no sé cuándo se producirán los hechos.

—Ese hombre de paja —dijo la baronesa Pía—, el que hará las veces de ti, no será un conocido...

—No, mujer —respondió el señor Rialles—. Es un pobre desgraciado que no tiene dónde caerse muerto. Bueno, ahora ya lo tiene, ja, ja.

La baronesa Pía concentró la mirada en su diminuto reloj de pulsera. No quería saber la hora, pero de este modo simulaba no haber oído las palabras del señor Rialles. Para romper el silencio, el señor Rialles se levantó, se dirigió a la ventana y contempló los edificios, la gente y el tráfico.

—Cuando me vaya no echaré de menos esta ciudad —dijo—. Nosotros hemos hecho de Barcelona lo que es hoy y Barcelona sólo nos ha puesto trabas; trabas y a veces, pleitos. Medidas inviables y leyes sin sentido, sólo para ganar los votos de una mayoría de inútiles y haraganes.

La baronesa Pía echó la cabeza hacia atrás y cerró los ojos, como si se hubiera quedado traspuesta. El señor Rialles entendió que no había nada más que añadir a lo ya dicho y se dispuso a salir. Al abrir la puerta estuvo a punto de tropezar con un bulto. Deslumbrado por la luz que entraba por la ventana del despacho, le costó distinguir en la penumbra a una mujer arrodillada, que fregaba el suelo con una bayeta. A su lado tenía un cubo de plástico y un triángulo amarillo donde se leía:

SUELO MOJADO
CUIDAO

El señor Rialles dio un traspié y soltó varios reniegos. La baronesa Pía contemplaba la escena desde su asiento y sonreía.

—Estás alterado —dijo.

La fregona se había incorporado con dificultad y se alejaba con el cubo y el triángulo, murmurando disculpas.

—¿No habrá estado escuchando, supongo? —dijo el señor Rialles.

—¡No seas paranoico! —dijo la baronesa Pía—. Está sorda como una tapia, no ve nada, no entiende nada y se olvida hasta de su nombre. Mi madre la conoció de joven, cuando las dos hacían *les trottoirs*. Mi madre era guapa y lista y esta infeliz era fea y tonta. Una prosperó y la otra acabó en la miseria. Hace un par de años mi madre se la encontró por la calle, hecha un pingo. Le dio pena y me pidió que la ayudara. Viene unas horas a limpiar. Puedes estar tranquilo.

—Tengo los nervios de punta, como te puedes figurar —dijo el señor Rialles antes de entrar en el ascensor.

La baronesa Pía se quedó unos instantes en el umbral de su despacho, como si meditara sobre los inesperados giros que da la vida. Luego se dirigió a la fregona y le dijo:

—Deje eso y váyase a casa, Cándida. Por hoy ya ha fregado bastante.

4

La empresa de la baronesa Pía no sólo contaba con un país imaginario para expedir visados y permisos de trabajo, conceder la ciudadanía a quien estuviera dispuesto a pagar y presentar demandas ante la Corte Internacional de Justicia, sino también una notaría, un registro de la propiedad y una agencia matrimonial. Con estas dependencias, prudencia, habilidad y contactos en las altas y las bajas esferas, la baronesa Pía hacía apaños y deshacía enredos mediante una sustanciosa remuneración, que los interesados pagaban sin rechistar, porque la baronesa Pía tenía fama de conseguir lo imposible sin sufrir consecuencias ni dejar rastro. La petición del señor Rialles, sin embargo, le planteaba un dilema, porque uno de los principios inamovibles de la baronesa era no relacionarse ni siquiera indirectamente con el mundo de la droga ni con el de la delincuencia de navajazo y mamporro. Para esta demanda ya hay oferta de sobra, solía decir. Pero tampoco se decidía a dejar a su socio y cliente en la estacada, en parte, por las razones morales que ella misma había expuesto y él había corroborado de modo elocuente, y en parte, por conveniencia: abandonado a sus fuerzas, el señor Rialles habría de comparecer ante la justicia y, en ese caso, podía verse obligado a contar cosas sobre la baronesa Pía, su magnífica organización y su distinguida clientela: hombres ilustres y no pocas mujeres. Quizá ha llegado el momento de cruzar el Rubicón, como dijo Julio César.

Mientras la baronesa Pía hacía estas reflexiones y, sin perder un instante, empezaba a trazar una estrategia, el señor Rialles recibía una llamada y una cita en el mismo lugar de la vez anterior. Acudió a la hora convenida y como fuera el primero en llegar, tomó asiento en la misma mesa, procurando no rozar su superficie con la manga de la americana, pidió un agua mineral y se dispuso a esperar. No tardó en sentarse frente a él una mujer vieja, enjuta y fea, que le hizo una mueca. El señor Rialles dio un respingo:

—¡Santo cielo! —exclamó—. ¿De dónde viene, hecho un adefesio?

—De mi casa —dijo la mujerona—. Me he puesto el uniforme de infiltrado para que no le vieran dos veces con la misma persona. Y no se lo tome a broma: Jimmy Choo me está matando. ¿Ha encontrado ya un buen escondrijo?

—Estoy en ello —dijo el señor Rialles—. Necesito tiempo.

—El tiempo lo marcamos nosotros, no usted —repuso la mujerona—. Ahora le voy a dar una cosa por debajo de la mesa. Cójala, no diga nada, no haga aspavientos y escóndala.

El señor Rialles puso las manos debajo de la mesa y al encontrarse con la culata de un revólver se llevó tal susto que de poco lo deja caer.

—Tenga cuidado, hombre —dijo la mujerona—. Está cargado. Si se cae, se dispara y matamos a un parroquiano, la hemos hecho buena.

El señor Rialles se metió apresuradamente el revólver en el bolsillo del pantalón.

—¿Para qué es? —preguntó.

—¿A usted qué le parece? —dio la mujerona.

—Yo había pensado en algo más tranquilo —objetó el señor Rialles.

—Usted es un zoquete —repuso la mujerona—. Lo importante, en su caso, es meter mucho ruido. ¿Dónde tenía pensado llevar a cabo el acto?

—No lo había pensado —dijo el señor Rialles—. En mi casa no, desde luego.

—Pues es el mejor sitio —repuso la mujerona—, aunque entiendo sus reparos. De momento, guarde lo que le he dado donde nadie lo encuentre. No tiene más huellas digitales que las suyas, como ha de ser. La policía científica analizará el arma con mucho esmero: como si disecara un periquito. El número de identificación le llevará de la ceca a la meca, porque este trasto viene de no sé dónde y ha dado más vueltas que el baúl de la Piquer. Si quiere, puede escribir una nota: a la familia o en general. No sirve de nada, pero a algunos les pirra. También sería útil buscar otros motivos de preocupación. No conviene que las deudas sean la única causa del suicidio. Un desengaño amoroso nos vendría como anillo al dedo.

—Oiga, un hombre de mi edad y mi posición no tiene estas cosas —objetó el señor Rialles.

—No se ofenda —dijo la mujerona—. Lo decía para marear la perdiz. Por eso mismo conviene llevar a cabo el acto en su casa. En la oficina saldrán a relucir muchos papeles, por no hablar de los ordenadores. En casa todo es más simple y los allegados estorban un montón.

Los preparativos de lo suyo tenían tan absorto al señor Rialles que no prestaba atención a los que se hacían en su propia casa para recibir a los miembros del Comité ad hoc para el Análisis Interestatal de las Estructuras Financieras que presidía su suegro.

No sabía dónde esconder el revólver que le había dado la mujerona. La caja fuerte habría sido el lugar idóneo, pero su mujer guardaba allí sus alhajas y no iba a prescindir de ellas la noche de la recepción. Tampoco le parecían seguros los cajones de la mesa de despacho, que no solía cerrar con llave. Finalmente optó por ocultar el arma en un armario ropero, entre las prendas de invierno que no se iba a poner hasta tanto no volviera el frío.

Ese mismo día tuvo noticia de la baronesa Pía.

—Te he encontrado el escondite ideal —le dijo ella—. Prefiero no darte más detalles por teléfono.

—No será un zulo sin ventilación —dijo el señor Rialles.

—Todo lo contrario —dijo la baronesa Pía.

Por la tarde se reunió con la mujerona en el bar de siempre.

—Todo está listo —le dijo la mujerona—. El día señalado siga puntualmente las instrucciones recibidas. Vaya a su casa a la hora convenida, métase en su despacho con cualquier excusa, coloque el revólver que le di sobre la mesa, en lugar bien visible, y ponga junto al revólver la nota opcional, si ha decidido escribirla. Luego salga del despacho y del piso sin ser visto, dejando la puerta abierta para que podamos entrar y hacer la sustitución. Es importante que nadie nos vea entrar ni salir: invéntese algo para tener a la familia distraída. A continuación, baje a la calle. Un coche le estará esperando. Entre y dele al conductor su móvil, su documentación, sus tarjetas de crédito y cualquier cosa que pueda identificarle. El conductor le dará la nueva documentación y le conducirá al escondite elegido. No se ponga en contacto con nadie y espere a recibir instrucciones.

—¿Cómo recibiré instrucciones si me deshago del móvil y nadie sabe dónde estoy? —preguntó el señor Rialles.

—Una persona de su máxima confianza será nuestro enlace —respondió la mujerona.

—¿Manolito el Sentencioso? —dijo el señor Rialles.

—Ese mismo —dijo la mujerona—, pero absténgase de dar nombres en público.

—Está bien —dijo el señor Rialles—, pero todavía no me ha dicho la fecha.

—Mañana —dijo la mujerona.

—Imposible —dijo el señor Rialles—. Mañana damos una recepción. La casa estará llena de gente.

—Fenomenal —exclamó la mujerona—. Ésa es la distracción que buscábamos. Y la fecha no se puede cambiar.

De vuelta en su despacho, el señor Rialles se esforzaba por escribir la carta justificativa. Después de mucho garrapatear y tirar papeles a la papelera, se detuvo y leyó:

> Señor juez:
>
> Al recibo de la presente espero que esté bien de salud, yo también, gracias a Dios.
>
> La culpabilidad y la honradez me fuerzan a tomar esta dramática decisión para no mancillar mi buen nombre, el de mi familia y el de mis empresas, actualmente en quiebra fraudulenta. Malas lenguas dicen que tengo dinero en paraísos fiscales. Mentira podrida. Y, si lo tuviera, el dinero sería mío, que a mí nadie me ha regalado nada. *Les*

sanglots longs des violons de l'automne blessent mon cœur d'une langueur monotone. Mi augusto padre, hombre de pocas palabras, siempre me decía: Hijo mío, haz lo que tengas que hacer. Yo le escuchaba desde la cuna y me prometía seguir sus pasos ejemplares. No pudo ser. Adiós, pues, amigos de mi infancia, compañeros del cole y de la mili, un dos un dos ¡qué tiempos aquéllos! Ya Ortega y Gasset decía...

En este punto interrumpió el señor Rialles la redacción, se levantó, dio unos paseos por el despacho y, finalmente, llamó a su más estrecho colaborador.

—Manolito —dijo cuando éste hubo entrado con una carpeta en la mano y el móvil colgado del cuello con una cinta, a modo de *pendentif*—, me he atorado.

Manolito el Sentencioso tomó la hoja que le tendía el señor Rialles, leyó dos veces el escrito y se lo devolvió al señor Rialles.

—Una pieza literaria del más alto valor, señor Rialles —exclamó—. Debería enseñarse en todas las escuelas, y no digo más para no incurrir en lisonja. Sin embargo, a efectos prácticos, tal vez sea demasiado..., ¿cómo diría yo? Demasiado profunda. En estos casos los familiares están conturbados, los jueces están desbordados de trabajo y la policía no es dada a matices. En resumen: habría que abreviar. Y esa cita en francés...

—Pues ayúdame, Manolito —dijo el señor Rialles—, pero no quites la cita en francés.

Al cabo de una hora, habían escrito un texto conciso en los siguientes términos:

> Soy un estafador y un hijoputa, ¿qué pasa? *Mon oncle est un saligaud.*

—Corto y claro —dijo satisfecho Manolito el Sentencioso—, siempre y cuando vaya acompañada de la correspondiente escenografía. Ahora vamos a imprimir el texto y luego a borrarlo del ordenador.

5

—En efecto, señora —afirmó el alcalde de Barcelona—, la efervescente y fructífera vitalidad de nuestra ciudad se manifiesta en sus obras públicas.

Su interlocutora, la Egrégia Senhora Maria Pilar Ferreira dos Trastos e Cardoso, catedrática emérita de la Universidad de Lisboa, asintió, como no podía ser de otro modo, a la aseveración del alcalde: ella misma había tenido ocasión de comprobarlo durante aquella jornada de asueto, en el transcurso de la cual, los miembros del Comité ad hoc para el Análisis Interestatal de las Estructuras Financieras, guiados por su enérgico presidente, habían visitado los lugares más emblemáticos de la ciudad: la Catedral, la Sagrada Familia, el Parque Güell, el Palau de la Música, la Pedrera y la casa Batlló, así como otros menos usuales en el programa del viajero ocasional, como el Laberinto de

Horta, el Hospital de Sant Pau, el Círculo de Sant Lluc, la casa Golferichs, la casa Planells (por dentro y por fuera) y la Dama del Paraguas, tras lo cual todos habían quedado muy bien impresionados y exhaustos.

A la hora convenida, ni un minuto antes ni un minuto después, los cinco miembros del Comité ad hoc habían llegado a la casa. El padre de la señora Rialles, como presidente del Comité ad hoc y como padre y suegro de sus anfitriones, se encargó de hacer las oportunas presentaciones, lo cual llevó bastante tiempo, porque a sus respectivos nombres, títulos académicos y honoríficos y función dentro del Comité ad hoc, el presidente no se abstuvo de añadir algunos de los motes cariñosos con que varios miembros eran conocidos en el desenfadado mundo del Banco Central Europeo.

—Por favor —dijo la señora Rialles—, dejen de lado los formalismos. Están ustedes en su casa.

Mientras decía esto, la señora Rialles hacía gestos imperiosos a los camareros para que sirvieran bebidas y canapés a los miembros del Comité ad hoc.

Con media hora de retraso compareció el Excelentísimo alcalde de Barcelona, que, a pesar de sus múltiples compromisos, no había querido declinar la invitación para mostrar la actitud decididamente europeísta de la ciudad y sus instituciones. El resto de las autoridades invitadas habían excusado su inasistencia.

Cuando todos hubieron sido presentados y se hubo distribuido entre los invitados un abundante aperitivo, se formaron dos o tres corrillos y la conversación se generalizó. Todos estaban muy animados, salvo el señor Rialles, que miraba continuamente su reloj a la espera de proceder tal y como se le había indicado. Previamente, y tras asegurarse de que nadie le veía, había sacado el revólver del armario ropero y lo había metido en un cajón de su mesa de despacho, junto con la nota explicativa que había escrito la víspera con ayuda de su más estrecho colaborador. A continuación se había acicalado y, al lado de su mujer, había hecho los honores de la casa a los ilustres huéspedes. Ahora iba de grupo en grupo, procurando no quedar atrapado en ninguno.

Un miembro del Comité se le acercó con una copa de cava en la mano. Era de mediana edad; el pelo y barba entrecanos le daban aspecto de galán romántico y tenía la nariz y las orejas de color púrpura.

—*Ihre Zuhause und Ihre Stadt muito lindas* —le dijo.

El señor Rialles recordó que su interlocutor le había sido presentado como der Graf von Garraf y adivinó que se dirigía a él en lo que consideraba una lengua franca.

—*No merit* —respondió mecánicamente el señor Rialles. Y habría seguido deambulando si su suegro no se hubiera interpuesto.

—He oído lo que decía usted, der Graf —dijo en tono solemne—, y me siento en la obligación de intervenir, como barcelonés y como presidente del Comité ad hoc. Es cierto que en Barcelona se come bien y se vive bien. ¡Pero con este pretexto los barceloneses se inhiben de sus responsabilidades morales!

—Es posible —dijo el señor Rialles en un tono neutro que no invitaba a la discusión.

—¡No me vengas con relativismos! —protestó su suegro en tono combativo—. El mundo se desmorona y los barceloneses pasan de todo. *Nicht wahr?* —concluyó dirigiéndose a su otro interlocutor, der Graf von Garraf, que escuchaba la diatriba con una sonrisa complacida.

—*Barcelona muito linda* —dijo levantando la copa de cava y mostrando el canapé que sostenía con la otra mano— *e presunto muito bom.*

—No hagas caso de este borrachuzo —dijo el suegro del señor Rialles dirigiéndose a su yerno—. Lo que digo es serio. Ven conmigo.

Sin atender a la discreta resistencia del señor Rialles, su suegro le condujo donde el alcalde de Barcelona hablaba con la señora Rialles.

—Señor alcalde —dijo Monsieur Caminoy—, soy Monsieur Caminoy, presidente del Comité ad hoc para el Análisis Interestatal de las Estructuras Financieras y me dirijo a usted para señalarle, como en este mismo momento reprobaba a mi yerno, la dejación moral de esta ciudad indolente y voluptuosa.

Acostumbrado a que le llovieran críticas por todas partes, el alcalde de Barcelona esbozó una sonrisa conciliadora.

—Se hace lo que se puede —murmuró.

La esposa del señor Rialles mostró su conformidad con esta afirmación. Para ella, la augusta presencia del alcalde daba realce a la velada. En cambio, incrementaba la ansiedad del señor Rialles. Manolito el Sentencioso también había celebrado aquella oportunidad de dar publicidad a la artimaña que se disponía a realizar, pero él habría preferido una cosa más sencilla: la familia y poco más.

—No me refiero únicamente a Barcelona —prosiguió el suegro del señor Rialles—, sino a las ciudades de Europa en general, a la sombra de cuyas catedrales la juventud crece sin valores, precisamente cuando más necesarios resultan. Los políticos hablan, pero no actúan, y la Iglesia se inhibe de sus obligaciones, con lo cual los jóvenes se entregan al consumo de alcohol, al tabaquismo y a la glotonería. Cerca de mi casa hay un Dunkin' Donuts y cuando paso por delante lo veo rebosante de chicos y chicas, ¡y no vea usted cómo se ponen!

—Para mí —terció la señora Rialles— que buena parte de la culpa la tienen los inmigrantes. Vienen de otras culturas, nos ven comer butifarra y se creen que todo está permitido.

—Nuestra política con respecto a la inmigración —dijo con suave firmeza el alcalde de Barcelona— es procurar la integración sin coacciones. Confiamos plenamente en la educación. Disculpen.

Esbozó una inclinación y se fue a departir con otro grupo, formado por los dos miembros femeninos del Comité ad hoc, la Egrégia Senhora y la doctora Martirio Latutu, representante de Lituania, y un camarero, que las animaba a asistir a un tablao flamenco.

—Sólo abres la boca para decir animaladas —dijo Monsieur Caminoy a su hija cuando el alcalde se hubo ido—. Eres tan tonta como tu madre, pero al menos ella no hablaba cuando no convenía.

La señora Rialles se encogió de hombros y se reunió con el grupo del alcalde. El señor Rialles quiso aprovechar la ocasión para ausentarse, porque faltaban pocos minutos para el momento decisivo, pero su suegro le retuvo.

—He de hablar contigo de un asunto importante —le dijo.

—Le escucharé con mucho gusto —respondió el señor Rialles—, pero en este momento he de hacer una llamada.

—La llamada puede esperar —dijo Monsieur Caminoy—; lo mío, no. La burra de tu mujer ha estado a punto de echarlo todo a rodar. Ahora te toca arreglar el desaguisado.

—No pasa nada —le tranquilizó el señor Rialles—. El alcalde está acostumbrado a oír opiniones variopintas y a no hacer caso de ninguna.

—No me refiero a eso —dijo Monsieur Caminoy—. Ven.

Se llevó a su yerno a un rincón de la terraza donde nadie los podía oír y dijo:

—Como has podido ver, entre el alcalde y yo hay buena sintonía. Si la boba de tu mujer no hubiera metido la pata, habríamos seguido hablando hasta las tantas de temas comunes de la máxima trascendencia. Te digo esto porque he pensado que, en vista de la buena conexión entre los dos y con motivo de las sesiones del Comité ad hoc en Barcelona, me podrían dar la Medalla de Oro de la Ciudad. No la quiero para satisfacer una vanidad que no tengo, aunque no sé de nadie más merecedor de esta y otras distinciones, pero sí pensando en mi futuro profesional. Dentro de poco toca renovar cargos en el Banco Central Europeo y yo, con mi historial, podría aspirar a la presidencia. Christine Lagarde ya lleva la tira y yo lo haría mejor. Pero con los méritos no basta; se necesita apoyo político. Y Barcelona tiene mucho peso en Europa y en el mundo entero. Tú ya me entiendes.

—Sí, y no puedo estar más de acuerdo con usted —dijo el señor Rialles—, pero no veo cuál es mi papel en todo esto.

—Eres tan tonto como tu mujer —dijo Monsieur Caminoy—. Estás en tu casa, eres el anfitrión: habla con el alcalde, coméntale lo de la medalla, como si se te hubiera ocurrido a ti.

—Está bien —dijo el señor Rialles, consumido por el nerviosismo—. No acabará la velada sin que yo hable del tema con el alcalde. Pero ahora, si me disculpa, tengo pendiente esa llamada. Volveré en un santiamén.

Salió de la terraza sin atreverse a lanzar una última mirada a su esposa, a la que se disponía a abandonar por tiempo indefinido, quizá para siempre. Sigilosamente fue a su despacho, sacó el revólver y la nota del cajón donde los había guardado y colocó ambos objetos sobre la mesa. Luego salió del despacho, fue hasta la puerta del piso, la abrió y miró hacia el corredor. Al principio no vio a nadie. Al cabo de unos segundos creyó distinguir, oculta en la sombra, la silueta de un individuo enfundado en una gabardina y con la cara oculta bajo el ala de un sombrero. Sin tratar de averiguar más, pulsó el botón de llamada del ascensor, cuya puerta se abrió al instante, porque el ascensor estaba precisamente allí. Entró y bajó hasta la planta baja. El conserje ya se había retirado. Corrió hacia la puerta de entrada del edificio. Antes de abandonarlo oyó un ruido seco que identificó con un disparo. Salió a la calle. Frente al edificio había estacionado un coche de color negro con una de las ventanas abiertas. Una mano le hizo un ademán apremiante mientras se abría la portezuela del coche. El señor Rialles entró. Esperaba encontrar dentro a Manolito el Sentencioso, tal como éste le había prometido, pero al volante iba una mujer joven, rubia, guapa de cara, esbelta de figura y risueña de rostro.

—¿Quién es usted? —preguntó el señor Rialles gratamente sorprendido.

—Me llamo Melusina —respondió la joven rubia—. Abróchese el cinturón y salgamos de aquí sin pérdida de tiempo. En el trayecto le informaré del resto.

Recorrieron las calles medio vacías: la gente cenaba en sus casas y todavía no había empezado la vida nocturna. Al detenerse en un semáforo, la joven rubia abrió la guantera y extrajo un sobre abultado.

—Aquí está su nueva documentación —dijo—. Pasaporte, documento nacional de identidad, carné de conducir, tres tarjetas de crédito y algo de dinero en efectivo. A partir de ahora usted se llama José María Hernández Castillo. Guárdese estos documentos en los bolsillos, meta los suyos en el sobre y vuelva a meter el sobre en la guantera. Y deje también el móvil.

Hablaba con voz cálida y un leve acento extranjero. Sus eses eran labiodentales, sus efes, fricativas, y sustituía la ele por la eme y la erre por la pe, lo cual dificultaba un poco la comprensión, pero acrecentaba su atractivo.

—¿A dónde vamos? —preguntó el señor Rialles cuando hubo cumplido lo que Melusina le acababa de decir.

—A un hotel de lujo donde tiene reservada una suite a su nuevo nombre —respondió Melusina—. En la habitación que le ha sido asignada encontrará ropa y artículos de tocador. Permanecerá en el hotel un par de semanas, hasta que sea prudente irse a otro país. Yo me quedaré con usted para hacerle la estancia más agradable, si no tiene inconveniente.

—¿Inconveniente? —dijo el señor Rialles—. ¡Estaré encantado, preciosa!

Realmente, se dijo, la baronesa piensa en todo.

Sin hablar más tomaron la Ronda y luego la autopista C33. Por la salida 85 llegaron a las inmediaciones de Montornés del Vallés y, por una carretera estrecha, a la puerta de un noble caserón, frente a la que Melusina detuvo el coche.

—Baje y llame al timbre —dijo Melusina—. Yo voy a dejar el coche en el estacionamiento y me reuniré con usted en la recepción. A partir de ahora, por mor de las apariencias, sugiero que nos tuteemos.

El señor Rialles asintió de muy buen grado, bajó del coche, fue hasta la puerta de entrada, pulsó el timbre y esperó. No tardaron en salir del edificio principal dos individuos, que se dirigieron a la verja y la abrieron para que pasara el señor Rialles.

—Buenas noches —dijo el señor Rialles—. Soy don José María Hernández del Castillo y me alojo en este hotel.

—En efecto, señor Hernández —dijo uno de los dos hombres—, le estábamos esperando. Pase, haga el favor.

—Mi esposa ha ido a aparcar el coche y viene en seguida —dijo el señor Rialles.

6

Entusiasmado con el exitoso desarrollo de su plan de fuga y más aún con la inesperada perspectiva de pasar una temporada en un hotel de lujo en compañía de la hermosa Melusina, el señor Rialles tardó un rato en percatarse de que el personal del hotel que había acudido a recibirle llevaba bata blanca y se interesaba con exagerada solicitud por su estado de ánimo.

—Si creen que estoy indispuesto —dijo con una sonrisa petulante—, están muy equivocados. Vengo de una fiesta que he montado en mi casa en honor del Banco Central Europeo y quizá el cava me ha producido reflujos gástricos. Pero eso es habitual.

—Por supuesto, por supuesto —dijo uno de los recepcionistas en tono melifluo—. Ahora te tomaremos la tensión, te daremos una ducha, te pondremos una inyección y en cinco minutos estarás soñando con los angelitos.

—No hace falta —replicó el señor Rialles—. Con un Omeprazol se me pasa. En cuanto venga mi esposa nos retiraremos a nuestra habitación.

—Su hija no vendrá hoy, señor Hernández —dijo el otro recepcionista—. Un asunto urgente la reclama en Barcelona. Vendrá a visitarle tan pronto pueda.

—Perdone —atajó el señor Rialles—. Me temo que hay un malentendido. La señorita Melusina no es mi hija, como usted cree, sino mi esposa. Tal vez la diferencia de edad le haya inducido a error. Ella misma ratificará mis palabras. En estos momentos ha ido a dejar el coche y no tardará en entrar por esta puerta.

—No se excite, señor Hernández —dijo el recepcionista—. Déjenos hacer y todo irá bien. Está en buenas manos.

—¡No me ponga encima las suyas y déjeme hablar! —gritó el señor Rialles al advertir la intención del recepcionista—. Para empezar, no estoy excitado. Sólo trato de aclarar lo que sin duda es una lamentable confusión. La señorita Melusina no es mi hija. Y como quizá sea mejor aclarar las cosas de una vez por todas, les diré que en realidad la señorita Melusina tampoco es mi esposa. Nos acabamos de conocer y nos disponemos a pasar unos días juntos en mutuo contentamiento. De hecho, si no hemos empezado a darnos achuchones en el coche ha sido por evitar una imprudencia en carretera. Y mi nombre no es Hernández. Mi nombre es Rialles. Rialles y Rialles, empresario. A causa de pequeños contratiempos bursátiles y ligeros desencuentros con Hacienda, me he visto en la obligación de tomar medidas drásticas, por lo que hace un rato me he suicidado durante la fiesta del Comité ad hoc del que les hablaba. Y por eso estoy aquí. Ya sé que suena un poco raro, pero todo forma parte de lo que podríamos llamar ingeniería financiera. Y entre el suicidio y el cava...

Mientras hablaba, el señor Rialles advirtió que los dos recepcionistas intercambiaban muecas y signos y se colocaban a uno y otro lado de su persona.

—Advierto —siguió diciendo con forzada calma— cierta actitud incrédula por su parte, en vista de lo cual, ahora mismo llamaré a mi secretario particular, Manolito el Sentencioso, y él corroborará...

Se disponía a unir la acción a la palabra cuando cayó en la cuenta de que había dejado el móvil en la guantera del coche, junto con la documentación, tal y como le había indicado Melusina. Sin perder un instante dio media vuelta, alcanzó de un salto la puerta de entrada y trató de abrir, pero estaba cerrada con llave. Para entonces los dos recepcionistas le habían apresado de los brazos y, desoyendo sus gritos, lo arrastraban hacia un pasillo oscuro mientras le susurraban frases tranquilizadoras.

—Si te sientes un poco desorientado, es natural.

—Mañana por la mañana, después de haber dormido, verás las cosas de otro modo.

—Aquí harás muchos amigos. El ambiente es festivo y saludable.

—Potenciamos el ejercicio físico moderado, siempre con un monitor.

—También hay juegos de salón y concursos de habilidad, con plastilina y lápices de colores.

—Y a menudo nos visita un grupo musical y cantamos canciones populares.

Entre tanto, en casa del señor Rialles, la situación era aún peor.

Monsieur Caminoy no habría alcanzado la vicepresidencia del Banco Central Europeo ni ahora presidiría el Comité ad hoc para el Análisis Interestatal de las Estructuras Financieras si su temperamento le llevara a rendirse sin lucha ante el primer contratiempo. Por esta razón, al ver cómo su yerno no sólo hacía oídos sordos a sus aspiraciones a la Medalla de Oro de la Ciudad, sino que, haciendo gala de una descortesía inaudita, le dejaba plantado sin explicación alguna, decidió ir en su busca, afearle su conducta, ponerle las peras a cuarto y obligarle a volver a la fiesta e interceder en su favor ante el alcalde de Barcelona, allí presente. Como había estado antes en aquella casa fugaz y espaciadamente, recordaba mal su distribución, por lo que atravesó la sala y anduvo por un corredor sin saber a dónde iba hasta ver luz en una habitación, en la que entró sin vacilar. Se encontró en lo que a todas luces era el despacho de su yerno. Éste no estaba, pero Monsieur Caminoy, con sorpresa y alarma, vio sobre la mesa un revólver y una nota. En su fuero interno consideraba a su yerno un mangante y un zascandil y pensó que tal vez allí estuviera la prueba de lo acertado de su juicio. Se sentó a la mesa, apartó con aprensión el revólver y empezó a leer la nota. Tanto le sorprendió lo que leía, que no se dio cuenta de que a sus espaldas se abría la puerta y alguien entraba sigilosamente.

En la terraza, entretenidos por la charla insustancial y el incesante tapeo, ni el resto de los invitados ni la propia anfitriona se percataron de la doble ausencia del dueño de la casa y del presidente del Comité ad hoc, y así habrían seguido por tiempo indefinido si una detonación procedente del interior de la vivienda no hubiera cortado de golpe las conversaciones.

—No se asusten —dijo la señora Rialles—. No pasa nada. Habrá sido la caldera de la calefacción. O la Thermomix.

Unos invitados normales habrían aceptado la explicación de su anfitriona, pero los miembros del Comité ad hoc eran conscientes de la inestable situación política por la que atravesaba el mundo, estaban avezados a las intrigas internacionales y vivían en un constante temor a posibles atentados terroristas. La ausencia de dos conspicuos asistentes como el señor Rialles y Monsieur Caminoy corroboró sus recelos.

—Avisemos a la policía —propuso el profesor Barrabás le Doyen, miembro del Comité ad hoc en funciones de secretario.

—No será para tanto —dijo Martirio Latutu, representante de Lituania en el Comité ad hoc—. Y, además, es inútil: la policía siempre tarda un buen rato en acudir a las llamadas.

—Sea como sea, vamos a ver qué pasa —propuso der Graf von Garraf—. *Alles zusammen.*

Precedidos de la dueña de la casa, que trataba de disipar los temores de sus huéspedes con una actitud serena y decidida, dejaron a los camareros en la terraza y entraron en el salón, tenuemente iluminado. Al fondo del corredor se veía una puerta abierta y luz en la estancia.

—Es el despacho de mi marido —dijo la señora Rialles—. Seguramente él nos aclarará la causa de ese ruidito inoportuno.

Se asomaron al despacho y vieron a Monsieur Caminoy tendido sobre la mesa, con un revólver en una mano y una nota mecanografiada en la otra. Hubo gritos, exclamaciones de estupor y conatos de desvanecimiento. El alboroto atrajo a los camareros. Acallado el tumulto inicial, el alcalde de Barcelona impuso su autoridad.

—Calma —dijo—. Llévense de aquí a la señora Rialles y adminístrenle un calmante. Poco más podemos hacer por ella y por el difunto. En las condiciones en que se encuentra este pobre hombre, llamar a una ambulancia resulta superfluo. Yo mismo avisaré a la policía. Siendo el alcalde, me harán más caso.

Un miembro del Comité ad hoc que no había hablado hasta entonces, dijo en tono mesurado:

—No nos precipitemos. Lo hecho, hecho está y un minuto de reflexión no cambiará nada. El difunto tiene una nota en la mano. Antes de tomar ninguna medida, propongo que examinemos su contenido.

El que había hablado era un hombre de avanzada edad, alto, enjuto y muy erguido de porte. Gozaba de mucho ascendiente entre los demás miembros del Comité ad hoc, que le llamaban simplemente Johnny Liechtenstein.

Accediendo a la sugerencia de este último, el alcalde se inclinó sobre la nota y la leyó en voz alta. Al término de la lectura hubo un largo silencio, que rompió la Egrégia Senhora Maria Pilar Ferreira dos Trastos e Cardoso, catedrática emérita de la Universidad de Lisboa.

—*Quem diria que uma pessoa tão séria era um criminoso!* —exclamó haciéndose eco del sentir general.

—Esta constatación refuerza mi postura —dijo Johnny Liechtenstein—. El asunto es sumamente embarazoso para el propio interesado, para todos y cada uno de nosotros y para la institución que representamos. Un suceso de esta magnitud no sólo repercutirá en nuestras vidas profesionales y privadas, sino en el Comité ad hoc; de rebote, en el Banco Central Europeo y, por último, en la Unión Europea. Podría producirse un cataclismo económico. De nuestra decisión depende la suerte de millones de personas.

—¿Y qué propone? —preguntó con inquietud el alcalde de Barcelona—. No podemos ocultar lo sucedido.

—Yo sólo propongo examinar la cuestión fríamente antes de dar un paso del que luego nos podríamos arrepentir —respondió Johnny Liechtenstein—. La presente tesitura lleva aparejada unas consecuencias cuya responsabilidad no podemos asumir a la ligera.

—El encubrimiento es un grave delito —señaló der Graf von Garraf.

—Nadie ha cometido ningún delito —afirmó Johnny Liechtenstein—. Ni nosotros, ni el difunto. El suicidio no está penado en la legislación española. Aquí sólo hay un desafortunado percance. Publicitarlo, además de las consecuencias ya dichas, tampoco beneficiaría a la ciudad de Barcelona ni a su alcalde.

Todos los presentes se quedaron rumiando y nadie sabe cómo se habría resuelto aquel dilema a un tiempo ético y político, porque en aquel momento sonó un enérgico y prolongado timbrazo. Para no quedarse a solas con el muerto, todos acudieron en tropel a la llamada.

7

Al abrir la puerta se encontraron cara a cara con un hombre cenceño, de semblante envejecido, ligeramente encorvado, mal afeitado y con la ropa arrugada. En la mano exhibía un carné mugriento que guardó rápidamente mientras decía con voz bronca:

—Buenas noches, soy el inspector Rodríguez Jarana, de la Brigada Criminal. He recibido aviso de un incidente con arma de fuego. Por fortuna, me encontraba en las inmediaciones y he podido acudir con presteza. Déjenme pasar y no toquen nada: están todos bajo arresto domiciliario.

—Pase usted, inspector —dijo el alcalde de Barcelona, aliviado al ver que el azar le eximía de tomar una difícil decisión—, y cumpla con su deber, pero tenga en cuenta que estas personas gozan de inmunidad diplomática y yo estoy aforado.

—En casos graves como el presente —replicó el inspector— estas mariconadas quedan sin efecto. Pero no deben preocuparse: según los indicios de que dispongo, se trata de un simple suicidio. Cosa de todos los días, en estos tiempos ingratos. Precisamente llevo siempre encima un certificado médico que cubre este tipo de incidentes. Acompáñenme al lugar donde se encuentra el occiso. Les tomaré declaración y a continuación se procederá al levantamiento del cadáver, que no es un deporte, como su nombre parece indicar, sino un trámite previsto en nuestro ordenamiento. Hecho lo cual, se podrán ir a sus casas.

Con la solemnidad propia de las circunstancias, la comitiva regresó al despacho y dejó paso al inspector.

El inspector Jarana se detuvo en el umbral del despacho, echó un vistazo al muerto, palideció y se apoyó en la jamba de puerta para no caer. Al cabo de unos segundos, repuesto de la impresión, se encaró con los presentes y exclamó:

—¿Pero quién coño es este muerto?

—Es Monsieur Caminoy —dijo el alcalde de Barcelona—. Suegro del señor Rialles, titular de la vivienda.

—Y hasta hace poco, presidente del Comité ad hoc para el Análisis Interestatal de las Estructuras Financieras —añadió Johnny Liechtenstein—, y vicepresidente del Banco Central Europeo.

—Y, según parece, un buen punto —agregó el

alcalde de Barcelona—. Lea usted mismo la nota que dejó. Ahí describe las causas de su fatal decisión.

El inspector Jarana sacó del bolsillo un pañuelo, pero, en lugar de utilizarlo para coger la nota sin dejar sus huellas en el papel, lo utilizó para restañarse el sudor de la frente. Luego se metió de nuevo el pañuelo en el bolsillo, dio media vuelta y se dirigió al recibidor.

—¿Se va, inspector? —le preguntó el alcalde de Barcelona.

—¡Y tanto! —respondió el inspector Jarana con la mano en el pomo de la puerta—. Aquí ha habido una equivocación. Éste no es mi muerto... Quiero decir —agregó al advertir el desconcierto causado por su actitud y sus explicaciones—, quiero decir que, dada la categoría del interfecto, debo inhibirme del caso.

—Pero hace un momento, usted mismo decía que se trataba de un caso rutinario —adujo der Graf von Garraf.

—Me equivoqué —dijo el inspector Jarana—. Buenas noches.

—Usted de aquí no se mueve —dijo el alcalde de Barcelona agarrando al inspector Jarana por los faldones de la americana.

—Y usted a mí no me da órdenes —replicó el aludido—. Usted manda a la Guardia Urbana, y yo soy de la Brigada Criminal. Y, por añadidura, jubilado. Mire la fecha de caducidad de mi acreditación.

Volvió a sacar el carné que había mostrado al inicio de su intervención y se lo puso delante de los ojos al alcalde primero y luego al resto de los presentes.

—Está bien —dijo el alcalde de Barcelona—. Pero no nos deje en la estacada.

El exinspector Jarana reflexionó unos instantes y finalmente dijo:

—Vale, déjenme hacer una llamada. En privado.

El exinspector Jarana se apartó del grupo, anduvo por el pasillo, entró en una pieza desde donde podía hablar sin ser oído, sacó su móvil y marcó un número con dedos trémulos. Cuando obtuvo respuesta dijo precipitadamente:

—Don Basilio, con el debido respeto, la hemos cagado. Estoy en casa de Rialles, Rialles se ha ido, como estaba previsto, y el cadáver está en su sitio, pero no es el del pelagatos que teníamos preparado, sino el de un pez gordo: el presidente de no sé qué comité europeo. Por lo visto el Bruto lo entendió todo al revés.

—No digas bobadas, Jarana —replicó don Basilio tras una pausa reflexiva—. El Bruto no es una lumbrera, pero es un profesional con mucha experiencia y no comete este tipo de errores. Él ha hecho lo que le han dicho. Si no me equivoco, la baronesa y Manolito el Sentencioso están conchabados para eliminar de verdad a Rialles y quedarse con la pasta. Algo debe de haber fallado y, en vez de cargarse a Rialles, el Bruto se ha cargado a otro. Por suerte, Rialles está a buen recaudo. Y aunque lograra escapar, no diría nada, por la cuenta que le trae.

—¿Y yo qué hago, don Basilio? —gimió el exinspector Jarana.

—Tú te quedas ahí y arreglas este enredo —dijo tajante don Basilio—. ¿Con quién estás?

—Con el alcalde de Barcelona, media docena de guiris y un par de camareros —respondió el exinspector Jarana—. Salvo los camareros, todos están muertos de miedo por el escándalo que se avecina.

—Mejor —dijo don Basilio—. Así colaborarán sin poner pegas. Jarana, vamos a solucionar este asunto a plena satisfacción de todos. Escucha atentamente y haz lo que te voy a decir.

Al cabo de un rato, el exinspector Jarana se reunía con el alcalde y los atribulados miembros del Comité ad hoc. Como primera medida, despachó a los camareros y, cuando éstos se hubieron ido, dijo con una sonrisa que pretendía ser tranquilizadora, pero resultó siniestra:

—Todo arreglado. Por suerte, tenemos a un pobre desgraciado que a estas horas ya debe de haber estirado la pata. Vamos a organizar su entierro. Pero en lugar de esa sabandija, enterramos al fiambre aquí presente. Así nos desharemos del cuerpo sin llamar la atención. Del otro, no costará nada deshacerse. Como el difunto aquí presente era natural de Barcelona, pero por razón de su cargo vivía en el extranjero, nadie le echará en falta, ni aquí ni allá. Ustedes, señoras y señores del Comité, vayan pensando una excusa razonable para justificar la ausencia de su presidente: que en Barcelona le dio un patatús y se quedó en su ciudad para recuperarse, que conoció a una chavala y no quiere volver al curro, cualquier cosa. Más adelante se acepta su renuncia, uno de ustedes ocupa la vacante y aquí no ha pasado nada.

—¿Y la carta incriminatoria? —preguntó Johnny Liechtenstein.

—Ahora mismo le prendemos fuego y nadie la ha visto —respondió el exinspector Jarana—. Yo me ocuparé del entierro. La furgoneta ya está en camino. El difunto suplente tiene una hermana medio lela. Le comunicaré el óbito y acudirá al funeral deshecha en llanto: con eso daremos verosimilitud al gorigori. Yo también asistiré para asegurarme de que todo sale como está previsto. Ustedes vuelvan a sus alojamientos y procuren coger el primer vuelo de regreso. Usted, señor alcalde, a sus funciones. Y mañana, si Dios quiere, ¡funeral en Sants!

EL INCONVENIENTE

1

El primer miércoles de cada mes, incluido el mes de marzo, pese a que la incomprensible brevedad de febrero altera el cómputo, meto toda la ropa sucia (o sea, toda la ropa) en una bolsa, cojo el periódico y me voy a la lavandería. El periódico siempre es el mismo, tiene varios años de antigüedad y el papel amarillea, pero no merece la pena comprar otro ni me decido a prescindir de él. La lavandería dista de mi casa cuatro manzanas; doy este dato por lo que contaré luego. Una vez en la lavandería, busco una lavadora/secadora disponible, meto en el tambor la ropa de la bolsa y la bolsa, me quito la ropa que llevo puesta y también la meto en el tambor; pongo en marcha la lavadora; me siento en una de las sillas de plástico azul celeste atornilladas a la pared; despliego el periódico para taparme y no llamar demasiado la atención, hago como que leo y descabezo un sueñecito arrullado por el runrún de las máquinas.

Concluido el ciclo, doblo el periódico, extraigo del tambor la bolsa y la ropa, meto la ropa en la bolsa, salvo mis propias prendas, que me pongo, todavía un poco húmedas, pero limpias y calentitas; recojo el periódico y emprendo la vuelta a casa. Al llegar a casa, antes de abrir la puerta de mi piso, compruebo que no ha entrado nadie. Si me roban me da igual, pero no me gustaría encontrarme dentro del piso con un ladrón en plena faena. En el barrio donde vivo estos incidentes no son raros. Aquí la gente tiene fama de ser pobre pero honrada y, como es lógico, hacen las mil y una para librarse de este humillante sambenito. Los delitos de sangre son infrecuentes, pero menudean los robos con escalo. Quien más quien menos, todos nos hemos encontrado alguna vez con la puerta forzada y el mobiliario patas arriba. El perjuicio es casi nulo, porque en las casas de este barrio no hay nada digno de ser robado, pero la molestia de volver a poner cada cosa en su sitio y el coste de reparar la puerta hace que muchos hayamos recurrido a diversos medios de disuasión. Los más se limitan a pegar en la parte exterior de la puerta un rótulo escrito a bolígrafo que dice

Alarma conectada con la poli
Puerta electrificada
Perro rabioso

con escaso resultado, porque nadie se cree estas mentiras. Yo utilizo otro sistema, a saber: antes de salir embadurno la cerradura y sus alrededores con una mezcla de betún y cola de carpintero y no cierro con llave. De este modo, si alguien entra, no fuerza la cerradura ni rompe las bisagras, pero se queda con los dedos pringados. Si veo que han entrado, doy una vuelta por el barrio y no tardo en descubrir al culpable o los culpables. Suelen ser adolescentes, porque a partir de cierta edad o ya cultivan otras especialidades o ya están en la cárcel. Cuando doy con los ladrones, les echo una bronca breve y paternal, que ellos escuchan con el debido respeto: son buenos chicos de natural y como no han pasado por ningún centro educativo, no están maleados. Cuando les he afeado su conducta, ellos se disculpan y prometen no hacerlo nunca más, con lo cual paso una temporada tranquilo, hasta que se olvidan de la promesa y vuelven a las andadas.

Cuento lo que antecede para dar a entender al lector que en los últimos tiempos, cuando doy comienzo a la crónica de estos sucesos, después de muchos años de altibajos y otras vicisitudes, vivía con holgura y sin problemas. Hasta que el pasado miércoles, cuando regresaba de la lavandería, me crucé con un individuo cuya traza y actitud me dieron mala espina. Era de estatura normal, como la mía, ni un gigante ni un enano, y no hacía nada sospechoso, aunque no recordaba haberlo visto antes por el barrio, y a mi barrio no viene nadie por casualidad: habiendo en Barcelona tantas cosas dignas de ser vistas y fotografiadas, ni al turista más idiota se le ocurriría adentrarse en un segmento urbano apartado del centro, mal comunicado, feo, insalubre, inseguro y pestilente. También me pareció inusual que en aquella época del año llevara gabardina y sombrero. Las gafas de sol podían pasar. Al cruzarse conmigo no me dirigió una mirada, ni siquiera de soslayo. Un error por su parte: en mi barrio, cuando uno se cruza con alguien que huele a Mimosín, le mira con reverencia y a veces le echa un requiebro. Tras cruzarnos, cada uno siguió su camino. Como en su día fui diagnosticado de paranoico, amén de otros trastornos, procuré hacer caso omiso de mis barruntos, pero, por si las moscas, di varios rodeos hasta asegurarme de que no me seguía. Al llegar, encontré la casa en orden y, entretenido con las labores domésticas, eché al olvido el encuentro.

Al día siguiente vino a verme mi hermana, según tenía por costumbre hacer cuando se acordaba de mi existencia. Como Cándida vivía en un barrio parecido al mío, pero en el extrarradio, para hacer el trayecto de su casa a la mía tenía que coger un metro y dos autobuses, si bien, debido a su creciente desorientación, los autobuses siempre eran cinco o seis, lo cual hacía muy meritorias sus visitas y yo se las agradecía, sobre todo si eran breves. A veces me traía restos de comida en un táper.

Con los frenazos y los vaivenes del autobús, a menudo la comida acababa en el suelo, para regocijo de los viajeros, que se reían y le propinaban puntapiés en el trasero mientras ella gateaba buscando el táper debajo de los asientos. Si no había suerte, el táper y la comida llegaban a su destino y no me quedaba más remedio que comérmela.

En la ocasión concerniente al presente relato, Cándida me contaba sus penas y yo, sin prestar atención a su cháchara inconexa, escarbaba con el tenedor en un simulacro de paella tratando de extraer medio peine que se le había caído en la sartén mientras cocinaba, hasta que le oí decir:

—Y pensé que el individuo a quien iban a matar bien podías ser tú.

—¿A qué te refieres? —le pregunté sin mayor interés, porque la pobre Cándida mezclaba los vulgares sucesos de su prosaica vida con escenas ora trepidantes, ora románticas de los programas de televisión que veía entre cabezadas.

—El otro día —respondió—, en la empresa de la que soy colaboradora externa, oí una conversación interesante. Pero a ti, ¿qué más te da lo que yo oiga en el trabajo? Nunca me escuchas y te importa un bledo lo que hago y lo que dejo de hacer. Y si no te vas a acabar el arroz, al menos devuélveme el peine.

—No digas eso, Cándida —le reproché—, bien sabes que admiro tu conducta, comparto tus opiniones, sigo tus consejos y atesoro tus máximas.

Ahora cuéntame eso que oíste mientras fregabas el suelo.

Hizo pucheros al oír mis lisonjas y me refirió de nuevo lo que había oído en el despacho de su empleadora, a quien ella se empeñaba en llamar la señora baronesa y, de vez en cuando, su excelencia.

—¿Y no me lo podías haber dicho antes? —le reproché al término de su relato.

—Tengo mil cosas en la cabeza —replicó Cándida—, y pensé que, si el sujeto en cuestión eras tú, algo debías de haber hecho para merecer que te asesinaran.

—Por lo que cuentas, no parece una venganza sino una humorada —dije yo tras sopesar sus cariñosas palabras—. De todos modos, nunca hay que tomar a broma las amenazas. Esa baronesa para la que fregoteas, ¿a qué se dedica?

—¡Vaya pregunta! —respondió Cándida en tono ofendido—. Es una baronesa y las personas de alcurnia no trabajan. Sólo salen en las revistas cuando han de salir y a veces enseñan sus mansiones.

—Tienes razón —dije yo para reconducir la conversación a donde me interesaba—, pero a veces, con fines benéficos...

—Es posible que algo haga —admitió Cándida—, porque veo gente importante entrar y salir de su despacho. Y debe de tener un corazón de oro, porque todos entran preocupados y salen con cara de alivio.

—Supongo que a ratos te quedas sola en las oficinas —dije.

—Sí —respondió—, en muchas ocasiones.

—¿Crees que podrías entrar en el ordenador de la baronesa? —insinué.

—¿En el qué? —preguntó Cándida.

—Nada, déjalo estar —dije yo.

Cuando se hubo ido, me quedé pensando. En circunstancias normales tal vez no le hubiera hecho caso, pero recordé el encuentro con el enigmático personaje de la gabardina y até cabos. Que alguien quisiera matarme me resultaba inexplicable, aunque no imposible: corre mucho loco suelto. Como ya he dicho, en los últimos tiempos mi vida era tranquila y mi conducta, ejemplar; si en mi pasado hay o hubo episodios irregulares, ya habían prescrito, incluso en la memoria de los interesados, y, sinceramente, no creía haber hecho mal a nadie. De lo que se infería que, si alguien abrigaba mala voluntad hacia mi persona, debía de tratarse de un plan siniestro, tramado fríamente bajo los auspicios de una hipotética baronesa y cuyo sujeto pasivo parecía ser mi persona. Este supuesto me tranquilizó: la violencia demente es imprevisible, pero una maquinación se ha de ajustar a la lógica. Si lo que Cándida me había contado era cierto, no era de temer que me apiolaran en plena calle; ni siquiera a domicilio. Lo más práctico sería secuestrarme, trasladarme a un lugar seguro y una vez allí llevar a cabo la nefanda acción.

Como primera medida, bajé a la portería del edificio, donde estaban los buzones del correo, y cambié la tarjeta con mi nombre y el número de piso por la de unos vecinos que vivían dos plantas más arriba: tres okupas violentos con un dóberman. Como ni ellos ni yo recibíamos correspondencia, ni siquiera comercial, nadie se daría cuenta del cambiazo, y mientras tanto, si alguien se metía en su casa con malas intenciones, creyendo ser la mía, se iba a llevar una buena sorpresa. Hecho esto, me dejé ver los días siguientes por los lugares del barrio que frecuento: el supermercado, el bar con televisión los días de fútbol, etcétera, procurando hacerlo con método y regularidad: si alguien me quería secuestrar, seguramente estaría estudiando mis movimientos y, en tal caso, prefería ser yo quien le dictara los apuntes.

2

Transcurridos unos días, busqué y encontré merodeando por el barrio a un chaval de quince o dieciséis años de nombre Xuxo. Lo había conocido un año antes. Él iba para navajero, yo le aconsejé que no se metiera en líos y le convencí para que robara carteras, me hizo caso y el cambio le resultó beneficioso. Desde entonces sus padres me estaban muy agradecidos y yo conservaba sobre el chaval cierto ascendiente.

—Un tipo con gabardina, sombrero y gafas de sol me ronda con malas intenciones —le dije—. Ahora no está, pero volverá, porque ha de saber dónde vivo. Por mí, le dejaría hacer y luego iría tras él, pero debe de tener vehículo propio y yo no. Sé que tú tienes una motocicleta. La próxima vez que venga, te aviso y tú te pegas a él. Sólo quiero ver a dónde va y con quién se consorcia. Con el casco nadie te reconocerá. No corres ningún riesgo si te andas con cuidado.

—Si te ayudo ¿vamos a medias? —dijo Xuxo—. Quiero hacer un cursillo de abrir cajas fuertes y la matrícula vale un ojo de la cara.

—La ambición en un joven es loable si no es desmedida y no le nubla la mente —le dije—, pero la operación que te propongo no es lucrativa. Ahora bien, si de ella se derivase algún beneficio en el futuro, cuenta con una sustanciosa bonificación.

Tal como había supuesto, el hombre de la gabardina no tardó en hacer acto de presencia. Lo vi plantado en una esquina, cerca de mi casa, fingiendo estar absorto en su móvil. Con el mío avisé a Xuxo. El hombre de la gabardina se fue al cabo de un rato; subió a un pequeño Fiat híbrido de color blanco, anoté la matrícula y Xuxo le siguió en su moto. Dos horas más tarde me envió un mensaje: Ven a la pastelería.

Los padres de Xuxo, el señor Moisés y la señora Sara, de origen incierto, regentaban una pastelería cerca de mi casa, a la que habían puesto un nombre poco usual para este tipo de establecimientos: El amigo de los zombis. En una ocasión le pregunté al señor Moisés la razón del nombre y me respondió:

—Los zombis siempre están comiendo. Y con este nombre, los zombis golosos saben que serán bien recibidos.

Como esta invitación no parecía surtir efecto y la gente de mi barrio no anda sobrada de dinero para comprar pasteles, salvo en ocasiones señaladas, el señor Moisés también remendaba zapatos y la señora Sara esquilaba perros y gatos en el obrador. Cuando me establecí en mi nuevo domicilio, la pastelería llevaba abierta apenas un año y medio. Entablé conocimiento con sus dueños a causa de mi desmedida afición por el dulce. Lo del hijo cimentó nuestra amistad. A menudo me vendían por una fracción de su precio pastelillos que, por llevar varios días en el escaparate, a pleno sol, habían perdido la forma y mudado la color.

Al recibir la llamada de Xuxo fui a la pastelería, llegó luego él y me dio el parte:

—El tío de la gabardina ha ido directamente a un taller en la calle Tordera. Ha entrado y ha salido al cabo de un rato. Había alguien en el taller, pero no lo he podido ver, porque tenían la persiana metálica medio bajada. Al salir del taller, el tío de la gabardina ha vuelto al coche y ha ido a un edificio de oficinas en la Avenida de Sarriá. Al salir iba acompañado de otro individuo, un hombre mayor, como tú, con cara de malas pulgas.

—¿Me lo puedes describir? —le pregunté.

—¿Describir? —rio el Xuxo—. ¡Eres un fósil! Les he hecho fotos. Ahora te las paso.

Manipuló su móvil y el mío y éste, sin mi intervención, emitió unos silbidos como de sapo cancionero y, para mi asombro y maravilla, aparecieron varias fotografías en la pantalla. Acercando la pantalla a cinco centímetros de mi nariz y con gafas, examiné su contenido y lancé una exclamación al uso.

—¡Córcholis!

—¿Los conoces? —preguntó el Xuxo.

—Al de la gabardina sigo sin verle las facciones —respondí—; el otro es un viejo conocido. Su nombre era Jarana y su apodo, el Tigre Malo. Le gustaban las faldas, en sentido literal. Creo recordar que le expulsaron del cuerpo de policía por conducta indebida. Y ahora reaparece, en compañía del tipo de la gabardina, saliendo de un edificio de oficinas en la Avenida de Sarriá, donde casualmente tiene la suya la empleadora de mi hermana. Demasiadas coincidencias. Xuxo, eres un cielo.

—A ti te lo debo —dijo el Xuxo humildemente—. Tú me señalaste la vía del trabajo y la superación. El taller será una tapadera, ¿no?

—Probablemente —respondí tras analizar la foto—. De momento, sólo sabemos que se dedica a la reparación de bicicletas.

—¿Cómo lo sabes? —preguntó el Xuxo.

—Si observas la persiana —le instruí—, advertirás un rostro pintado a brochazos. Sin duda es el de Federico Martín Bahamontes, apodado el Águila de Toledo, uno de los más grandes ciclistas que ha conocido la historia. Sólo con pronunciar su nombre ya se me hace un nudo en la garganta. A ti este nombre no te dice nada, porque eres muy joven y muy inculto, pero cuando yo era un crío, Bahamontes era mi ídolo.

—Cuando tú eras un crío aún no se había inventado la rueda —replicó el Xuxo. Y tras esta aguzada pulla, añadió—: Ya sé lo que estás pensando. Hacer una visita al taller y luego a las oficinas. Por la noche, cuando no haya nadie. A que sí. Yo te puedo acompañar. Las cajas fuertes todavía no las trabajo, pero una cerradura te la desmonto en un santiamén.

—Gracias, Xuxo —le dije enternecido por el ofrecimiento—, pero lo que sugieres es inviable. Del taller no sacaremos nada y lo otro es imposible. Hoy en día los edificios de oficinas están muy protegidos cuando quedan vacíos. Cerraduras complicadas, alarmas muy sensibles y más cámaras que en un plató de TV3.

—Entonces, ¿no vas a hacer nada? —preguntó el Xuxo con un deje levemente desdeñoso.

—Esperar, Xuxo, esperar —le respondí. Pero era mentira, porque para mis adentros ya había trazado un plan de acción.

3

Autobús, metro y mis cansinos pasos me condujeron a la calle Escudellers, donde otrora había tenido su sede el pequeño, modesto y sucio bar en el que se reunía casi a diario un reducido grupo de travestis apodado las Dollys, con el cual, en cierta ocasión y por azar, trabajé de consuno en la resolución de un intrincado caso.

Como ya suponía, el bar había cerrado sus puertas tiempo atrás y en su lugar atendía la demanda de turistas una heladería, ninguno de cuyos empleados me supo dar razón de nada: ni conocían los antecedentes del local ni sabían siquiera dónde trabajaban: les habían ofrecido un contrato basura, les pagaban una miseria y en unos meses, adiós, muy buenas. No me desalenté.

Preguntando en todos los establecimientos circundantes, di con una anciana que regentaba una tienda de artesanía local, formada mayormente por un amplio surtido de caganers, la cual dijo acordarse del antiguo bar y de su animada tertulia. Del destino de sus integrantes tenía vagas nociones. La mayoría de ellos debían de haber fallecido. Uno, según le habían contado, vegetaba en una residencia. Otro, también según rumores, vivía en la indigencia y acudía casi a diario a un convento del Raval donde unas monjitas repartían la sopa boba bajo la denominación actual de banco de alimentos.

Acudí al convento de referencia a la hora del almuerzo y, aunque no soy reacio a una comida gratuita y de aquélla emanaba un rico tufo, me dediqué a recorrer la cola, pese al empeño de las monjitas, que por mi aspecto me consideraban un potencial receptor de su beneficencia, de que guardase el debido turno. No sin esfuerzo reconocí a la superviviente de la antigua cuadrilla y recordé que en su día había usado el sobrenombre de la Filo. Nunca fue agraciada de porte ni de facciones, pero ahora su estampa se componía de harapos, arrugas, babas, tembleque, inestabilidad e incontinencia.

—¡Filo, por ti no pasan los años! —exclamé cuando la tuve enfrente y conseguí que concentrara su atención en mi persona—. ¿No me recuerdas?

Me miró con un solo ojo y movió la cabeza en un ademán que podía ser afirmativo, negativo o simplemente descontrolado.

—Ni remotamente, guapo —dijo una vez concluido el examen—, pero no te lo tomes a mal: no me acuerdo ni de mí misma.

Le hablé de la tertulia y de sus antiguos compinches, pero ni sus nombres ni sus características físicas y morales hicieron mella en su desmemoria. Antes de abandonar, por una mera cuestión de metodología, le hice la última pregunta:

—Tampoco te debes acordar del inspector Jarana.

—¿Te crees que chocheo? —gritó la Filo—. ¿Cómo no me voy a acordar de aquel hijo de mala madre? Se infiltró en la confederación, se ganó nuestra confianza, nos traicionó y nos causó la ruina. Por su culpa fui a la trena y allí me hicieron las mil y una. Porque yo, aquí donde me ves, tenía mi palmito.

—¿Qué fue de él? —pregunté.

—¿De mi palmito? —dijo la Filo.

—No, cariño —le tranquilicé—, tú estás igual: la que tuvo, retuvo. Me refería al inspector Jarana.

—Ah, ése —respondió la Filo—. Por haber hecho lo que nos hizo, lo ascendieron. Pero luego oí que le habían expulsado del cuerpo y que andaba metido en asuntos turbios.

—Eso tengo entendido yo también. No sabrás cómo localizarlo —dije.

—Sé dónde vive, si no se ha mudado —respondió la Filo—. En su día le seguimos hasta su domicilio y le hicimos un escrache. Cuando llegamos, alguien le había dado el soplo y nos molieron a palos. De ahí fui a la trena. O quizá al revés: primero a la trena y luego al escrache.

—¿Recuerdas dónde vivía el inspector? —pregunté.

—Perfectamente —respondió la Filo—: en una casa solariega, pero de pisos, allí donde confluyen la suntuosa calle Rocafort con la imperial Gran Vía.

Con esta información valiosísima dejé a la Filo en la cola y me puse a buscar la manera de ir al domicilio del exinspector.

4

De las muchas virtudes que no adornan mi persona hay que exceptuar la paciencia, que poseo en grado sumo, tal vez porque estar mano sobre mano es consustancial a mi temperamento. Y como la paciencia es una de las pocas virtudes que suele ser recompensada, al cabo de dos días de montar guardia en la esquina de la calle Rocafort con la Gran Vía, vi salir de un edificio al exinspector Jarana. Seguramente no le habría reconocido si hubiera ido de diario, pero se había disfrazado una vez más de mujerona y al punto recordé sus andares. No me costó seguirle. En un bar de mal aspecto, no lejos de su casa, entró y se sentó a una mesa donde le esperaba un caballero de mediana edad, elegante, sin duda rico. Obviamente no eran amigos. Al cabo de muy poco se separaron. Si dos personas se citan y despachan rápidamente el motivo de la reunión, algo malo traman. Como ya sabía dónde podía dar con el exinspector en el futuro, opté por seguir al caballero elegante. Caminaba a buen paso y de cuando en cuando miraba a derecha e izquierda con pésimo disimulo. Temí que tuviera su coche estacionado en las inmediaciones o que parase un taxi, pero por no dejar rastro de su actividad, el muy tonto esperó y subió a un autobús, y yo con él. Se apeó cerca del Paseo de Gracia y fue derechamente a un edificio antiguo, de espléndida fachada, antaño residencia de magnates, hogaño oficina de magnates. Un conserje uniformado le abrió la puerta acristalada, le dirigió una sonrisa servil y cerró cuando hubo entrado. Esperé unos segundos, corrí a la puerta y golpeé el cristal con las dos manos. Acudió el conserje, abrió un palmo la puerta y preguntó:

—¿Qué se le ofrece?

—El caballero que acaba de entrar —respondí con voz entrecortada— ¡es el doctor Sugrañes!

—Se equivoca —dijo el conserje—. El caballero que acaba de entrar no es el doctor Sugrañes.

—¡Si lo sabré yo! —repliqué—. Hace unos años el doctor Sugrañes me diagnosticó, trató y curó una enfermedad rara y grave. Le debo la salud y el vigor de que disfruto. Por eso, al verle, he corrido para expresarle una vez más mi agradecimiento. ¿Seguro que no era el doctor Sugrañes?

—Seguro —dijo el conserje.

—Entonces el doctor Sugrañes tiene un hermano gemelo —sugerí.

—Lo ignoro —dijo el conserje—, pero el caballero que acaba de entrar no tiene un hermano gemelo.

—Pero también es un médico afamado —dije yo.

—Tampoco —dijo el conserje con benévola impaciencia—. El señor Rialles no es médico. El señor Rialles es un empresario, con negocios variados y florecientes.

—Vaya —dije yo admitiendo mi error—, pues es el vivo retrato del doctor Sugrañes. Le agradezco su amabilidad y le ruego disculpe mi intromisión.

Me alejé del edificio, me senté en uno de los bancos del Paseo de Gracia, de abigarrada forma y consistente suciedad, y desde allí llamé a Xuxo. Tardó más de una hora en llegar con su moto, pero por suerte el señor Rialles todavía no había abandonado el edificio. Esperamos los dos cómodamente sentados en el banco, él mirando la pantalla de su móvil y yo refiriéndole algunas de mis más emocionantes experiencias, prevaliéndome de los privilegios de la edad y a sabiendas de que no me escuchaba. Al anochecer, un coche grande se detuvo frente al edificio donde tenía su centro de operaciones el señor Rialles y éste salió y entró en el coche, cuya puerta le abrió el chófer.

—Síguele —dije a mi adlátere.

—Ven conmigo —dijo el Xuxo.

—¿Contigo de paquete en la moto? ¡Ni en broma! —dije yo—. Ve tú y luego me informas.

Salió Xuxo en pos del señor Rialles y yo me quedé en el banco. No conviene dejar el puesto de observación cuando ya se ha observado lo que se venía a observar, porque a veces se ven cosas que también merecen ser observadas. Apenas transcurridos diez minutos de la marcha del señor Rialles, salió por la misma puerta otro individuo, al que yo no conocía, el cual, una vez en la acera, se caló el sombrero, se subió las solapas de la gabardina y se puso unas gafas de sol. Con estas prendas no me cupo duda: era el que me había estado rondando. No pude verle la cara y seguirle habría sido inútil: cruzó la calle y se metió en el estacionamiento, sin duda a buscar su coche. Tampoco habría servido de nada vigilar la salida: el estacionamiento tiene muchas y el flujo de vehículos es constante a todas horas. Dejé pasar un rato y luego, de autobús en autobús, me desplacé a la calle Tordera.

Como era de esperar, el taller de bicicletas con la efigie borrosa de Bahamontes tenía la puerta bajada y asegurada con un recio candado. Por suerte, en la acera opuesta y a escasa distancia del taller, había una peluquería. Aunque por lo avanzado de la hora también estaba cerrada, supuse que todavía habría alguien en su interior. Tiempo atrás yo mismo ejercí con poco éxito el oficio de peluquero y sé que, una vez ido el último cliente, hay que seguir trabajando un buen rato a puerta cerrada para adecentar el local. En su día, yo mismo había invertido mucho tiempo y esfuerzo en tener la peluquería ordenada y limpia, y aun así, siempre la tuve desordenada y sucia. Acerté en mi suposición, y a mis discretos golpes en el cristal de la puerta acudió un hombre de cierta edad, todavía revestido de una bata blanca y provisto de escoba y recogedor.

—Está cerrado —dijo abriendo un poco la puerta.

—Ya lo veo —respondí—, y me disculpo por la intromisión. No quise venir mientras usted estaba ocupado. Yo también soy peluquero. No busco trabajo. Sólo quería hacerle unas preguntas relacionadas con el oficio, en el que usted destaca, según ha llegado a mis oídos.

—¿Alguien le ha hablado de mí? —preguntó el peluquero con incredulidad.

—Mucha gente —afirmé—, y en los términos más elogiosos. Por este motivo me atrevo a importunarle. Si me puede dedicar unos minutos a comparar productos y cotejar técnicas, se lo agradeceré un montón.

Me hizo pasar. El interior me trajo una bocanada, si así se dice, de recuerdos, ninguno de ellos feliz. Ejercí el oficio de peluquero no por vocación ni por tradición familiar, sino como recurso para ganarme la vida honradamente y en él puse aplicación y empeño, pero no obtuve a cambio ninguna compensación, ni fiduciaria ni moral, y el negocio acabó yéndose a pique. Me faltó financiación, clientela y aptitudes por mi parte que atrajeran ambas cosas. Esta amarga remembranza me permitió de paso advertir que la peluquería en la que me encontraba en aquel momento, tan anticuada y cutre como la mía, no tardaría en correr la misma suerte.

—Su valor estriba —dije en tono admirativo— en permanecer fiel al estilo clásico.

—No he cambiado nada de lo que me enseñaron hace medio siglo —respondió el peluquero—. Si eso se considera clásico, soy un exponente vivo. Un bastión en medio de tanto intrusismo y novelería. Lo cual no sé si es bueno o malo. Sólo le puedo decir que he perdido a todas mis clientas. Las mujeres van a otros centros, más caros, pero más innovadores. Hoy por hoy, mi clientela se reduce a un grupúsculo de jóvenes neonazis que ocupan una casa a dos manzanas de aquí. No lo digo en tono peyorativo: no tengo nada en contra de los nazis, siempre que lleven el pelo limpio y bien cortado. Pero estos chicos, francamente, son un desastre. Sólo le diré que, para complacerlos, colgué de la pared un retrato de Goebbels y me preguntaron de dónde había sacado aquel modelo tan escuchimizado.

—¿Vive usted en la peluquería? —pregunté—. Quiero decir si tiene vivienda en la trastienda o en un altillo de este mismo local, como era costumbre en la antigüedad.

—Oh, no —respondió—. Antes vivíamos cerca, pero cuando los hijos se independizaron, mi mujer y yo alquilamos un pisito en Valldoreix, donde tenemos planeado retirarnos. Mi mujer es fisioterapeuta y le pesan los años. Y yo, francamente, ya estoy cansado de trabajar. Esta zona se ha vuelto muy follonera. Cada día, al acabar la jornada, a las ocho en punto, cojo mi cochecito y en veinte minutos estoy en un verdadero paraíso.

—El barrio se ha deteriorado, ¿no? —apunté.

—No, no, al contrario —dijo él—. Gracia se ha puesto de moda y se ha llenado de extranjeros y hípsters. Todo es nuevo: tiendas, restaurantes, bares y centros de *wellness*. Los precios, por las nubes. Y los viejos como yo, arrinconados y a dos velas.

—Es verdad —asentí—, precisamente al venir he visto que ha cerrado el taller de bicicletas de enfrente.

—No —dijo el peluquero—, ése cerró hace años. Abrió cuando Bahamontes aún corría, de ahí el retrato. Luego las bicis cayeron en desuso: todo quisque tenía coche o moto. Más tarde volvieron a ponerse de moda las bicicletas, pero el taller ya no reabrió.

—Pues con el auge del barrio, el local valdrá una pasta —dije.

—Bah, es muy pequeño y no tiene ventilación —respondió el peluquero—, y lleva tanto tiempo abandonado que debe de estar hecho una ruina. Pero, ahora que lo dice, en los últimos días he visto la puerta medio abierta. Bicicletas, no. Quizá algún agente inmobiliario. Pero dudo que a alguien le interese alquilarlo.

—Tiene usted razón —dije—. Y no le quiero molestar más. Es tarde y le espera un buen viaje hasta Valldoreix.

—¿No quería hablar de tintes y lacas? —preguntó el peluquero.

—En otra ocasión —le respondí.

Al salir comprobé que la peluquería no disponía de un sistema de alarma y que la cerradura era de un modelo estándar al alcance de cualquiera.

5

Después de los hechos narrados en el capítulo precedente, los acontecimientos se precipitaron.

Al día siguiente a mi fructífera charla con el peluquero, al volver del supermercado con el carrito (sin ruedas) de la compra, me crucé de nuevo con el hombre de la gabardina, el sombrero y las gafas de sol, el cual, a diferencia de las ocasiones anteriores, no pasó de largo, sino que se detuvo y se dirigió a mí sin mediar seña, si bien con extrema civilidad.

—Buenos días, caballero —dijo con una leve inclinación, pero sin quitarse el sombrero como mandan las normas de educación—, ¿sería tan amable de responder a una pregunta?

—De mil amores —respondí inclinándome a mi vez—, si conozco la respuesta.

Antes de hacer la pregunta anunciada, aspiró, carraspeó y emitió un sonido nasal, como si todavía no hubiera encontrado los términos idóneos para formularla.

—¿Le gustaría ganar un dinero? —dijo finalmente entre dientes, pese a no haber nadie en los alrededores.

—Depende —repuse.

—Su situación económica no está para poner condiciones —dijo el hombre de la gabardina con una mezcla de sorna y exasperación.

—Bien lo sé —admití—, pero usted no me ha preguntado si quería tener dinero, sino ganarlo, y eso presupone una contraprestación.

—En efecto —dijo el hombre de la gabardina—: un trabajo fácil y bien pagado.

—No existe tal cosa —dije yo.

—Un trabajo fácil, bien pagado y ligeramente ilegal —aclaró el hombre de la gabardina.

—Yo no incumplo la ley, señor —dije levantando un dedo y la mirada, como quien pone al cielo por testigo.

—No sería la primera vez —masculló el hombre de la gabardina.

—Eso pertenece a un pasado que recordar no quiero —dije yo.

Y tras una pausa, cuando consideré suficientemente establecida mi candidez, añadí:

—Pero estoy dispuesto a escuchar ofertas.

—Vale —dijo el hombre de la gabardina—. Para este trabajo sólo hacen falta pericia, rapidez y sigilo. Se trata de entrar en un local y sustraer de un armario unos documentos comprometedores, cuyo contenido no es de su incumbencia. El local en cuestión es un taller de reparación de bicicletas a la sazón en desuso, sito en la calle Tordera. El taller tiene una puerta de persiana y la cerradura la podría forzar un niño con un cortaplumas, si supiera lo que es eso. Si se está preguntando cómo han ido a parar unos documentos comprometedores a un taller de bicicletas, le diré que la vida da muchas vueltas. La sustracción ha de llevarse a término en el breve periodo que media entre el cierre de las tiendas y el inicio de la vida nocturna, cuando las calles están semidesiertas. Su misión consiste en entrar, encontrar los documentos, apoderarse de ellos, salir y entregárselos a quien yo le diga. Ha de hacerse esta misma noche. Quinientos euros; doscientos ahora y el resto contra entrega de la mercancía.

Fingí una lucha interna entre la rectitud y la codicia y finalmente dije:

—Mil euros y por adelantado.

—La cifra es negociable —dijo el hombre de la gabardina—. Lo otro, no. Si le doy ahora el monto, ¿quién me garantiza sus servicios?

—Y viceversa —objeté—: yo cumplo mi parte, luego usted no me paga y no tengo ante quien reclamar. Mire, lo haremos así: a las ocho y media quedamos a la puerta del taller, usted permanece oculto en las inmediaciones mientras yo hago la faena, al salir le entrego el botín y usted me da el dinero, en billetes pequeños. Correlativos o no, me la suda.

Cerramos el trato, el hombre de la gabardina siguió su camino y yo me fui a mi casa.

Mientras estaba guardando las compras en la nevera o por el suelo, según su naturaleza, sonó el teléfono. Respondí. Era Cándida.

—Me dijiste que averiguase todo lo posible —dijo—. Lo del ordenador todavía no lo acabo de entender, pero esto te puede interesar: al parecer, la baronesa se va de vacaciones. A mí no me lo ha dicho, claro, pero en su mesa tenía un folleto turístico con una foto preciosa de una isla. Con las prisas no he podido leer el nombre de la isla. ¿Mallorca está en el océano Índico?

—No.

—Pues no era Mallorca —dijo Cándida—. Y más tarde ha llamado a una agencia de viajes y ha comprado un billete. De primera clase. Dicen que si viajas en primera, te dan cava y galletas. Si el billete era para ella o para otro, no lo sé. Ni la fecha. Ni si ha comprado un billete o dos. O uno de ida y otro de vuelta, quiero decir. Te doy todos estos datos para que veas que no soy tonta.

Le aseguré que nadie pensaba tal cosa, la felicité por su sagacidad y la dejé deshecha en lágrimas. Su información, torpe, fragmentaria y tergiversada, constituía, sin embargo, un importante elemento de la trama que empezaba a tomar forma en mi cabeza. Y también fuera de mi cabeza, por lo que sin pérdida de tiempo salí de casa y me dirigí a la pastelería El amigo de los zombis.

En el obrador vi al señor Moisés, con delantal y cofia, absorto en el empeño de moldear una masa de bizcocho, merengue, chocolate y argamasa. Era un hombre corpulento, de cara ancha, facciones rudas y cejas pobladas. Al verme dejó lo que estaba haciendo, se enjugó la cara con una toalla y me saludó levantando una mano grande y embadurnada.

—Si buscas a Xuxo —dijo—, todavía no ha vuelto. Mi esposa ha salido. Y yo estoy a tu disposición.

—Le veo muy atareado —dije yo respondiendo a su saludo—. Volveré más tarde.

—No, no. Tú no molestas, amigo —respondió cordial—. Toma asiento y hazme compañía. Estoy haciendo un pastel con la forma de la Pedrera. Pensé que sería fácil y tendría éxito. La casa Batlló es un enredo, pero la Pedrera... Y, sin embargo, llevo tres horas batallando y no hay forma de sacarle el parecido. Al señor Gaudí le gustaba complicarse la vida sin necesidad. Suerte que lo mató un tranvía, que si no, nos destroza la ciudad. Pero a la gente le chifla. También podría olvidarme de la Pedrera y hacer un busto del señor Gaudí. A una cabezota le pones un sombrero y una barba de azúcar y ya tienes al señor Gaudí. Pero el islam nos prohíbe representar figuras naturales, y no quiero ofender a nadie. De todas formas tú no has venido a escuchar los entresijos de la repostería.

—Es verdad —admití—. Busco a Xuxo.

—No tardará en llegar —dijo el señor Moisés—. Mientras tanto, cuéntame tus apuros.

—Nada serio, señor Moisés —respondí.

—No mientas —me reprendió—. Sé que has pedido ayuda a Xuxo. Él no nos ha contado nada. Los adolescentes nunca hablan con sus padres de cosas importantes, salvo en las familias desestructuradas. Pero sé que necesitas nuestro apoyo.

—Es cierto —dije—, pedí a Xuxo que hiciera unas averiguaciones. Nada que pudiera suponer un riesgo para él. Ni siquiera una distracción en sus estudios. Pero no le ocultaré que alguien me ronda con malas intenciones. No sé quién es ni creo que tenga nada contra mí. Soy una pieza suelta en una trama de la que nada sé, salvo que figuro en ella como excipiente.

En pocas palabras puse al señor Moisés al corriente de lo que el lector ya sabe, y para concluir dije:

—He quedado con el hombre de la gabardina en una calle de Gracia, al anochecer. Es una trampa, claro, pero he optado por acudir, a ver qué pasa. Sólo quería pedirle a Xuxo que estuviera cerca con la moto, por si he de hacer una salida precipitosa.

—Cuenta con ello —respondió el señor Moisés—. Pero tú no vas a ir solo a esa cita. Yo te acompaño.

—De ningún modo —dije yo—. Le agradezco mucho su generosidad, pero no quiero involucrar a su familia en mis asuntos. Cada uno tiene sus problemas.

—Tonterías —dijo el señor Moisés—. Los amigos están para estas ocasiones. Avisaré a Xuxo y iremos juntos a esa cita.

6

Conforme a lo acordado, a las ocho y media yo fingía mirar las musarañas calle Tordera arriba, calle Tordera abajo, cuando apareció el hombre de la gabardina con su atuendo habitual, es decir, la prenda ya citada, sombrero y gafas de sol. Algo envarado se puso a mi lado.

—¿Trae la pasta? —le pregunté torciendo mucho la boca.

—Sí —dijo el hombre de la gabardina.

—Déjemela ver —dije yo.

El hombre de la gabardina sacó un sobre de un bolsillo de la gabardina, lo abrió y me mostró un fajo de billetes.

—Aquí está —dijo el hombre de la gabardina—, pero no trate de quitármelo por la fuerza: soy cinturón marrón de jiu-jitsu y usted no tiene media bofetada.

—No pensaba hacer tal cosa —repliqué en tono

ofendido—. Soy un profesional. Con su palabra me conformo y de inmediato cumpliré mi parte. Usted espéreme. Pero no aquí. La policía patrulla las calles del barrio y si le ven plantado en la acera, escondido en un quicio o merodeando sin rumbo con esta pinta, podrían recelar y pedirle los papeles. Hemos de buscar un lugar seguro.

Simulé considerar las posibilidades que ofrecían las inmediaciones y dije:

—Ahí hay una peluquería abierta. Entre y espéreme dentro. Para no levantar sospechas, puede aprovechar y cortarse el pelo. El peluquero todavía está dentro y parece competente: su frondosa barba blanca es indicio de experiencia y sabiduría.

El hombre de la gabardina examinó desde fuera la peluquería y dijo:

—Con las gafas de sol no veo muy bien, pero me parece que el peluquero lleva cofia y una bata con manchas de chocolate.

—No haga caso —le tranquilicé—. En un día de trabajo, un peluquero las ve de todos los colores.

—Está bien —dijo el hombre de la gabardina—. Pero sólo arregladito.

En cuanto entró, el señor Moisés le roció la cara con un aerosol de laca. A pesar de llevar gafas de sol, el hombre de la gabardina se quedó aturdido. Yo había entrado detrás de él y le sujeté los brazos mientras el señor Moisés se desprendía de la barba de azúcar y se la metía en la boca al hombre de la gabardina para acallar sus protestas. Luego le tapó la boca con cinta adhesiva. Le quitamos la gabardina, el sombrero y las gafas y lo atamos con una soga que señor Moisés había traído de la pastelería. Lo del cinturón marrón de jiu-jitsu debía de ser mentira, porque no ofreció resistencia.

A continuación salí de la peluquería y fui hasta la puerta del taller de reparación de bicicletas. Tal como había anunciado el hombre de la gabardina cuando aún llevaba gabardina y yo había comprobado previamente, el candado que sujetaba la persiana metálica era viejo, pequeño y barato. Lo abrí e hice señas al señor Moisés. Éste acudió al punto empujando al hombre de la gabardina, ahora en mangas de camisa. Cuando estuvieron a mi lado, subí la persiana metálica, empujamos a nuestro cautivo al interior del taller, sumido en la oscuridad, volví a bajar la persiana metálica y regresamos corriendo a la peluquería, desde donde espiamos lo que sucedía con la luz apagada para no revelar nuestra presencia.

Apenas transcurrido un minuto se levantó de nuevo la persiana metálica y salió del taller un hombre fornido que no era el hombre de la gabardina ni por asomo. Miró a derecha e izquierda y, al no ver a nadie, cerró la persiana metálica y echó a andar en dirección a la calle de la Fraternidad.

—¿Qué hacemos? —preguntó el señor Moisés.

—Usted quédese aquí —le dije—. En el fragor de la batalla se han roto varios frascos y se han derramado lociones y mixturas. Recoja los cristales, limpie el suelo y procure borrar todo rastro de nuestra presencia en la peluquería. Luego llame a Xuxo y dígale que venga y espere mis instrucciones. Después, váyase a casa. Yo seguiré al que ha salido del taller. Usted olvídese del taller. El hombre de la gabardina sigue dentro. Vivo o muerto, mejor no saberlo.

Mientras impartía estas órdenes, me puse la gabardina, el sombrero y las gafas de sol. Hecho lo cual, entregué a señor Moisés el sobre, salí a la calle y corrí en pos del hombre fornido. Lo alcancé en la Plaza del Raspall. Allí le esperaba un coche negro, al volante del cual había una persona. Entró el hombre fornido en el coche, arrancó éste y enfiló la calle del Profeta en dirección a la calle Siracusa. Di media vuelta y regresé a la peluquería. Desde fuera todo parecía estar en orden y el señor Moisés se había ido. Esperé y no tardó en aparecer Xuxo, que había venido con su padre y conmigo y a quien habíamos dejado apostado en su moto en la calle Bailén, a la espera de ser llamado si le necesitábamos.

—¿He de seguir a alguien? —preguntó sin quitarse el casco.

—Al que me interesaba le esperaba un coche y ya está fuera de nuestro alcance —dije—. Pero sé a dónde va. El otro día seguiste a un hombre desde su oficina del Paseo de Gracia hasta su casa. Si mis deducciones son correctas, ahí hemos de ir sin tardanza si queremos evitar algo malo. Me aterra ir de paquete, pero no veo otro remedio.

Oculta bajo el casco, no me fue dado ver la expresión desdeñosa de Xuxo, pero resignadamente se apeó, abrió un cofre situado en la parte posterior de la moto y de él extrajo un segundo casco o casco suplementario, que me entregó con intención de que me lo pusiera. Guardé en el cofre el sombrero y las gafas de sol, me puse el casco, cerré los ojos y apreté las mandíbulas esperando una descarga eléctrica. Como no pasaba nada, cerré el cofre, subí al asiento trasero de la moto, me agarré a Xuxo con todas mis fuerzas y arrancó la moto conmigo a bordo.

Zigzagueando a una velocidad escalofriante entre coches y autobuses, llegamos en un santiamén a la calle Ganduxer, donde Xuxo tenía localizada la vivienda del señor Rialles, y nos detuvimos en la esquina, porque frente a la puerta principal del edificio estaba estacionado en doble fila el coche negro que yo acababa de ver en la Plaza del Raspall.

Me bajé de la moto y, con las rodillas todavía temblorosas por el miedo pasado durante el trayecto, reemplacé el casco por el sombrero, recompuse la gabardina, que el viento había volteado, me ajusté las gafas de sol y fui a la puerta del edificio. Naturalmente, la puerta estaba cerrada y el conserje, ausente. Como el coche negro estaba estacionado en doble fila, sus ocupantes no podían verme ni percibir mi conducta, conque llamé a todos los timbres del interfono y, a medida que me iban contestando, grité:

—¡Amazon! ¡Correo certificado! *Gastronomy delivery!* ¡El veterinario!

Había agotado mi repertorio de falacias verosímiles y me estrujaba el cerebro buscando una nueva identidad cuando una voz rezongó: Adelante. Sonó un chasquido y se abrió la puerta. Entré, cerré la puerta a mis espaldas y busqué en los buzones el piso donde vivía el señor Rialles. Con desaliento comprobé que vivía en el ático. Hice de tripas corazón y me lancé escaleras arriba. En el vestíbulo había dos ascensores, pero en circunstancias como la presente, un ascensor se puede convertir en una ratonera. Varias veces tuve que detenerme a recobrar el aliento. Al llegar al ático apenas me sostenían las piernas, pero no era cuestión de tumbarse a descansar en el mullido felpudo, porque en aquel preciso instante se abría la puerta del piso y un individuo salía de él de forma subrepticia. Me arrimé a la pared en sombra para pasar inadvertido. Si me vio, no se detuvo: llamó al ascensor y, al llegar éste, saltó a su interior. Pese a la penumbra del corredor, acentuada por las gafas de sol, creí reconocer en el fugitivo al señor Rialles en persona. Dejé que se fuera y esperé. De inmediato llegó el otro ascensor y de él salió el hombre fornido al que venía siguiendo desde el taller de reparación de bicicletas. Por suerte, no miró hacia donde yo seguía, pegado a la pared, o me habría descubierto. Pero iba muy decidido: empujó la puerta del piso, que el señor Rialles había dejado entornada, y entró. Comprendí que no podía hacer nada más y empecé a bajar las escaleras procurando no dar un traspié y romperme la crisma. A la altura del cuarto piso oí un disparo y aceleré la marcha. Al llegar a la calle el coche negro ya no estaba. En la esquina me esperaba Xuxo. Mientras me ponía el casco, preguntó:

—¿Cómo ha ido?

—Hemos llegado tarde —respondí—. Pero, al menos por esta vez, el muerto no soy yo. Volvamos a casa.

7

A la mañana siguiente llamé a Cándida para pedirle que mientras fregaba las oficinas de la baronesa Pía, procurase averiguar el paradero de ésta.

—Vale —respondió Cándida—, pero esta mañana no iré a trabajar, porque a las doce he de ir a un funeral en el tanatorio de Sants.

En parte por cortesía y en parte por curiosidad, porque me consta que Cándida nunca ha tenido amigos, le pregunté de quién era el funeral.

—¿De quién va a ser? —replicó ofendida—. ¡El tuyo! Si serás despistado...

—Cándida, ¿cómo va a ser mi funeral si no estoy muerto? —le dije.

—Anda —exclamó sorprendida—, pues no había caído. Y yo venga de llorar...

—¿Quién te ha avisado? —quise saber.

—Tu amigo, el policía aquel que andaba vestido de Lola la Piconera —contestó Cándida.

—Ah, Jarana —dije yo—; ya me olía que andaba metido en este embrollo.

—Oye —protestó Cándida—, si es una de tus artimañas, a mí déjame al margen: tú la lías y al final me toca a mí romper el pato y pagar los platos sucios.

—Pierde cuidado, Cándida —dije para tranquilizarla—, esta vez será distinto. Pero no me dejes en la estacada. Tú ve a ese funeral como si no hubieras hablado conmigo. Una vez allí, haz de plañidera, fíjate bien en los asistentes, no hables con nadie y luego me llamas y me lo cuentas todo.

—Ni hablar —chilló Cándida—. Yo a un funeral que no sé de quién es no voy. Con estas cosas no se juega. Igual a media ceremonia se abre el catifalco y sale un cadáver haciendo el ganso.

—Eso sólo pasa en las películas, Cándida —le reconvine.

—Ya lo sé —admitió—. Y tienen truco. Pero me da lo mismo. Yo soy muy impresionable. Hace un montón de años me llevaron a ver *Peluquín el muñeco horroroso* y desde entonces me meo en la cama día sí, día también.

Después de porfiar un rato, aceptó a regañadientes, como un favor personal, acudir al funeral. En el fondo, le encantaban las ceremonias. En su parroquia no se perdía una boda y, sin conocer a los novios ni siquiera de vista, lloraba a moco tendido, procuraba salir en todas las fotos y una vez, por atrapar al vuelo el ramo de la novia, se cayó de culo y no se fracturó el coxis de milagro. Por lo demás, no contaba con sus dotes de observación, de las que carecía, y menos aún con su memoria, siempre errática y últimamente infinitesimal. Pero quería que fuera para aparentar normalidad, desviar la atención de los presentes y poder asistir sin despertar sospechas.

Como suponía que el exinspector Jarana también acudiría al funeral, me volví a poner la gabardina, el sombrero y las gafas de sol que la víspera me había ganado en buena lid. Luego, mediante una hábil combinación de transportes urbanos, me fui al tanatorio, a donde llegué un poco antes del inicio de la ceremonia. En un rincón alguien había colocado ya un féretro de un material impreciso, probablemente cartón reciclado. Al verlo, siquiera de lejos, no pude evitar un estremecimiento al pensar que dentro estaban mis supuestos despojos, ni un vago sentimiento de desamparo al ver que sobre el féretro sólo había unas hojas mustias, sin duda recogidas de la acera, sujetas por una banda negra con una inscripción en letras doradas que decía: QUE TE DEN. La concurrencia se reducía a la pobre Cándida, que entró renqueando, se sentó en un banco, hizo pucheros y se quedó dormida con la boca abierta. No tardó en aparecer un individuo bien trajeado, engominado y envuelto en un halo de colonia de caballero, que se situó junto a féretro. Me acerqué a él, le pregunté si era el maestro de ceremonias y, al responder él afirmativamente, le rogué que abriera el féretro para dar el último adiós al difunto, a quien me habían unido estrechos lazos de camaradería. Me respondió de malos modos y me retiré a un rincón. Cuando hizo su entrada el exinspector Jarana, consideré llegado el momento de ahuecar el ala, renunciando a averiguar a quién estábamos dando el último adiós. Al ir hacia la salida, me crucé con un jovenzuelo que avanzó hacia el centro de la sala, se sentó, sacó un cuaderno y un bolígrafo y se puso a tomar notas. Por su actitud deduje que sería un periodista en prácticas.

Aquella noche hablé con Cándida por teléfono. Me contó que el funeral había sido muy emotivo. Lamentablemente, no pudo quedarse hasta el final. En las oficinas de la baronesa Pía había preguntado por la baronesa y le habían dicho que la baronesa había salido de viaje.

Por la mañana fui al quiosco del barrio y pedí al quiosquero que me dejara leer la prensa *in situ*. Su respuesta no se hizo esperar:

—¡Ni hablar! El último periódico me lo compraste hace no sé cuántos años y todavía lo usas para ir a la lavandería, y encima pretendes informarte sin hacer gasto. ¿Y yo qué? La prensa en papel está acabada; los niños ya no coleccionan cromos; las revistas de destape sólo las compran los arqueólogos. Y los quiosqueros nos pudrimos medio a la intemperie. ¿Nos subvenciona el Gobierno? No, señor.

Mientras desgranaba su discurso habitual, yo iba buscando en un periódico tras otro hasta dar con la noticia relativa al funeral del día anterior. Y como el quiosquero todavía tenía cuerda para rato, cuando la encontré, arranqué la hoja, doblé el periódico, lo volví a poner sobre la pila correspondiente, le di las gracias y me fui a casa.

La nota se limitaba a referir del modo más insustancial lo sucedido en el tanatorio. Sin embargo, mencionaba el asesinato como causa de mi presunta muerte, y decidí preguntarle cómo había obtenido aquel dato al periodista. Con esta intención llamé por teléfono al periódico y pregunté a la telefonista quién había redactado la nota. Muy amablemente, me respondió que un periodista novato de nombre Ramoncito Valenzuela.

—¿Puedo hablar con él? —pregunté.

—En estos momentos no está en la redacción —me respondió la telefonista.

—¿Y cuándo estará? —insistí.

—Nunca —dijo la telefonista—. El director lo ha echado a patadas.

—¿No tendrá usted su teléfono, por casualidad? —le pedí.

—No, señor —dijo la telefonista—. El director estaba tan furioso que ha ordenado borrar de nuestro banco de datos todo lo concerniente al interesado. Cuando el director se enfada, no tiene término medio.

Le di las gracias y colgué.

8

Como ya no tenía nada más que hacer y sí una obligación moral que cumplir, me dirigí a la pastelería El amigo de los zombis. El señor Moisés y su hijo me habían ayudado desinteresadamente y yo les debía, cuando menos, una explicación.

Encontré al señor Moisés en el obrador, solo y muy atareado. Con vigor y fiereza golpeaba y amasaba una bola de harina, agua y grasa sin dejar de dirigirle continuos insultos en una lengua para mí desconocida. Luego colocó la bola sobre una superficie y con un rodillo la convirtió en una lámina. Sólo entonces dio muestras de percibir mi presencia. Sus facciones recobraron la habitual bonhomía, se secó la frente con el delantal, sacó de la nevera una jarra de agua, cogió dos vasos y me indicó que le siguiera, toda vez que el calor proveniente del horno y la harina que flotaba en el aire hacían muy incómoda la permanencia en el obrador. En la parte delantera de la pastelería, abierta al público, no solía haber nadie y allí nos instalamos. Bebimos unos sorbos de agua, puse al señor Moisés al corriente de lo que el atento lector ya sabe, le mostré el recorte de periódico y concluí diciendo:

—Y con esto queda cerrado el caso. Oficialmente estoy muerto y enterrado. Da un poco de yuyu, pero tiene sus ventajas. De cara a Hacienda y tal.

—Para mí las quisiera —convino el señor Moisés—. Pero el caso no queda cerrado. A mi modo de ver hay muchos cabos sueltos.

—A mí no me incumben —respondí con un encogimiento de hombros.

El señor Moisés dejó sobre el mostrador el vaso vacío y me miró fijamente, frunciendo sus pobladas cejas.

—Amigo, amigo —dijo al cabo de un rato—, no te reconozco. Tú no eres de los que dejan las cosas a medias. Fíjate en mí: llevo un buen rato trabajando el hojaldre, como has visto. Si lo dejo a medias, ¿qué pasará? ¿Se harán solos los cruasanes? No. La masa fermentará, luego vendrán las ratas y se comerán la masa. Y mañana los clientes me dirán: Moisés, Moisés, ¿dónde está mi cruasán? ¿Entiendes la moraleja? Yo la llamaría la parábola de la rata y el pastelero.

—Lo voy pillando —dije por complacerle—, pero estoy en una vía muerta.

El señor Moisés se quedó pensando y sin duda me habría obsequiado con otro edificante apotegma si en aquel instante yo no hubiera visto a través del cristal la figura contrahecha de Cándida pasar frente a la pastelería cojeando y dando tumbos. Salí, la llamé y ella vino cuando, después de mirar a derecha e izquierda, arriba y abajo y detrás de un árbol, hubo identificado el origen de la llamada. Entró en la pastelería, hice las oportunas presentaciones y el señor Moisés desplegó su habitual hospitalidad.

—Permítame obsequiarle con un brazo de gitano individual —dijo—. Como lleva una semana en el escaparate, la nata está agria y el bizcocho, duro, pero el resto está buenísimo.

—Muchas gracias —respondió Cándida con mil remilgos—, pero soy cirílica y no tolero a los lactantes.

—¿Qué te trae por aquí? —le pregunté a Cándida una vez concluido el intercambio de galanterías entre mi hermana y el pastelero.

A lo que respondió ella diciendo que se quería cerciorar de que yo estaba vivo. Nuestra conversación telefónica no le bastaba, porque en varias ocasiones le habían engañado por este medio, bien ofreciéndole gangas irresistibles que una vez pagadas no se materializaban, bien felicitándola por haber ganado un cuantioso premio, que se depositaría en su cuenta corriente, cuyo número y clave de acceso debía dar a quien la llamaba. Una vez convencida de que yo era yo y de que, no obstante haber asistido a mi funeral, seguía vivo, la puse al corriente de las acciones que había llevado a término con ayuda del señor Moisés y de su hijo Xuxo y a reglón seguido le pregunté si sabía algo de la baronesa Pía, a lo que respondió con gritos y aspavientos:

—¡Un horror!, ¡un dislate!, ¡un verdadero Cafarnaúm! En la oficina no se habla de otra cosa. Ayer o anteayer la baronesa, tal como había programado, emprendió un viaje de ensueño a una isla paradisíaca. Pero en el mismísimo aeropuerto de Barcelona, llamado El Prat, no sé por qué, cuando ella estaba a punto de acceder al aeroplano, la policía le echó el guante y se la llevó, esposada y expuesta a la irrisión de los demás viajeros y del personal de tierra. Y a estas horas —concluyó Cándida su relato después de muchos resuellos y expectoraciones—, la pobre baronesa sigue en prisión provisional, una víctima más de la judicatura.

—¿Se sabe cuál es el motivo de la detención? —preguntó el señor Moisés.

—En la oficina se murmura que hubo una denuncia anónima —dijo Cándida—, y que esa denuncia sólo podía venir de un mal hombre apellidado Manolito el Sentencioso. Según dicen, en los últimos tiempos la baronesa y él habían estado en tratos y dichos tratos guardaban relación con los negocios del señor Rialles, amigo y socio de la baronesa y de Manolito el Sentencioso a partes iguales.

Me quedé pensando y luego dije:

—Gracias, Cándida. Empiezo a verlo todo claro. Ese tal Manolito debe de ser el hombre de la gabardina.

—¿El que vino a tu funeral? —preguntó Cándida.

—No —dije yo—. Ése era yo. Pero no trates de entenderlo.

—Pues es el que más le interesaba al periodista —dijo Cándida.

—¿Qué periodista? —le pregunté—. ¿El que estuvo en el funeral y luego escribió la crónica?

Apremiada por mí y por el señor Moisés y haciendo un gran esfuerzo memorístico, Cándida refirió el disgusto que un par de días antes le había dado un periodista novato, a quien ella había querido en vano venderle una exclusiva sensacional basada en mi ficticia carrera delictiva.

—Pero a él sólo le interesaba el hombre de la gabardina y, en su defecto, el policía que asistió al funeral —dijo Cándida—, de modo que le dije que el poli era el inspector Jarana y con eso me lo quité de encima.

—¿Recuerdas el nombre del periodista? —le pregunté.

—No sé si llegó a decírmelo —respondió Cándida—, y si me lo dijo, lo habría olvidado igual. Pero al irse me dio un papelote con su número de teléfono, por si quería contarle algo más.

—¿Lo guardas? —dije yo.

—No lo guardo —dijo ella—, pero tampoco lo he tirado. Estará por casa.

—Vete ahora mismo y búscalo —le dije—. Yo te llamaré dentro de un rato y tú me cantas el número. Es importante.

—¿Por qué? —preguntó Cándida.

—Si ese chico contacta al exinspector Jarana, se meterá en un lío gordo —le dije mientras la empujaba hacia la puerta—, si no se ha metido ya.

Intercambiando reverencias con el señor Moisés y agitando el pañuelo desde la distancia se fue Cándida y yo volví a mi casa al cabo de un rato. Intuyendo que pronto pasaría de nuevo a la acción, el señor Moisés me ofreció su ayuda y la de su hijo, pero yo las rechacé.

—Todavía no sé muy bien qué pasa ni cómo he de actuar —le dije—. Y ya he abusado bastante de su amistad. Vuelva a su hojaldre, señor Moisés. Si los necesito, los avisaré.

En casa esperé la llamada de Cándida. Pasaba del mediodía cuando la recibí. Había encontrado el teléfono del joven periodista, me lo dio, lo anoté y, tan pronto ella hubo colgado, marqué el número que me acababa de dar. Una voz me informó que aquel número estaba apagado o fuera de cobertura. Probé al cabo de un rato con el mismo resultado. Que un niñato prescindiera de su móvil sólo podía deberse a causas de fuerza mayor. No había tiempo que perder.

Me apeé del autobús y me dirigí al taller de reparación de bicicletas con suma cautela, por si el hombre fornido que allí tenía su base de operaciones decidía tomarla conmigo. A esa hora la calle Tordera estaba bastante concurrida, pero eso no garantizaba mi integridad física: cuando hay lío y mucha gente, cada uno cede al otro el honor de salir malparado por meter las narices donde no le llaman.

La persiana metálica estaba bajada. Toqué con los nudillos, me hice daño y repetí la llamada a puntapiés. Al cabo de un rato un vozarrón preguntó desde dentro quién iba, a lo que respondí:

—Soy yo. Vengo a buscar al chico.

La persiana metálica se levantó del suelo como un metro y el vozarrón me invitó a entrar. Pasé por la abertura reptando y procurando que con las contorsiones no se abriera la gabardina y no se me cayeran el sombrero y las gafas de sol que me había puesto para hacerme pasar por quien suponía era el cerebro de toda la operación, es decir, Manolito el Sentencioso. Cuando mis ojos se hubieron acostumbrado a la penumbra reinante en el interior del taller, me vi frente al individuo fornido que unas noches atrás había seguido desde aquel mismo lugar hasta la vivienda del señor Rialles.

—¿Tienes al muchacho? —pregunté.

—Sí. Llega justo a tiempo —dijo el hombre fornido—. Ahora mismo iba a hacer lo que se me dijo.

—Todo se andará —repliqué tratando de dar a mi voz un timbre de autoridad—. Antes hemos de sacarle la información.

Una voz débil llegó desde el fondo del taller:

—Ya le he dicho al señor Bruto que no sé nada.

—Eso lo veremos cuando te pongamos una inyección de Apiretal —dije yo para evitar que aquel idiota echara a rodar mi plan.

—¿Y el otro? —preguntó el hombre fornido—. Lo tengo escondido desde ayer y no sé si apiolarlo, dejarlo morir de inanición o darle un bocata.

Supuse que se refería a Manolito el Sentencioso, es decir, el auténtico hombre de la gabardina, el sombrero y las gafas de sol, que la noche de la persecución habíamos metido, maniatado y amordazado, en aquel mismo taller como si fuera yo. Había intentado jugármela y ahora estaba en la situación en la que habría estado yo si se hubieran cumplido sus planes. Así aprenderás, dije para mis adentros.

—Espera a mi regreso —añadí en voz alta, forzando una risa sardónica— y matamos dos pájaros de un tiro.

—Deshacerme de ése me dará igual, pero del periodista me dará pena —dijo el hombre fornido—; el chaval es majete.

Mientras expresaba estos nobles sentimientos, había ido al fondo del taller, de donde regresó arrastrando de un brazo al periodista novato que había asistido a mi funeral.

—Le acompaño hasta el coche —dijo el hombre fornido—, por si trata de escapar. Es canijo, pero a usted tampoco le veo yo muy cachas.

—No hace falta que vengas —dije agarrando al periodista novato—, soy cinturón marrón de jiu-jitsu.

—Nadie lo diría —comentó el hombre fornido.

—Pregúntaselo al peluquero de enfrente —repliqué—. Es cinturón negro y no me dejará mentir.

Sin darle tiempo a procesar aquella inesperada información, salí a la calle arrastrando al periodista, que, aparentemente resignado a su suerte, se dejaba llevar sin resistencia. Sólo cuando estuvimos en la calle y hubimos recuperado la posición vertical, parpadeó deslumbrado, me miró y dijo:

—¡Ahora caigo! Usted también estaba en el funeral. Yo escribí la crónica y desde entonces todo el mundo me persigue. ¿Se puede saber qué hice de malo?

—Las explicaciones vendrán luego —dije yo—. Tú aprieta el paso y no te separes de mí. Ese tipo tenía orden de liquidarte. Te acabo de salvar la vida *in extremis*.

—¿Cómo me ha localizado? —preguntó el periodista novato—. El Bruto me quitó el móvil.

—Hay otros métodos —respondí—. ¿Cómo te llamas?

—Ramoncito Valenzuela —dijo el periodista novato—. Y ni siquiera soy periodista. Después de escribir la crónica del funeral me pusieron en la calle. Por eso quería averiguar quién era el muerto y quién lo había matado.

Mientras él gimoteaba, continuamos al trote hasta llegar al Paseo de San Juan. Allí busqué un banco vacío y nos sentamos. Cuando me hube recuperado de la carrera, solté el brazo del periodista novato y le dije:

—El funeral al que fuiste era el mío. Suena un poco raro, ya lo sé. En el féretro había otra persona. No sabemos quién. Lo único que podemos conjeturar es que el funeral formaba parte de un complot urdido entre un tal señor Rialles, Manolito el Sentencioso, la baronesa Pía y varios más, y que, a la hora de llevarlo a término, alguien traicionó a alguien. Probablemente todos se traicionaron entre sí. Al final el plan salió al revés, como suele suceder con los planes. ¿Te suenan los nombres que he mencionado?

—Para nada —dijo el periodista novato.

—Pues indaga y averigua lo que pasó —dije yo—. Para algo eres periodista.

—Yo no soy periodista —dijo el periodista novato—. Sólo lo fui un rato, en plan de prueba; lo hice fatal, me echaron y encima por poco me matan. Renuncio al cargo.

—Ya es tarde —le dije—. Cuando se es periodista, se es periodista toda la vida. Y no me repliques. Escucha y haz lo que te voy a decir.

9

Al cabo de tres días el cartero dejó en la pastelería El amigo de los zombis un sobre a mi nombre. Aunque desaparecido del registro de los vivos, prefería no dar facilidades a quien tuviera interés en localizarme. Agradecí al señor Moisés que hubiera aceptado el papel de receptor, me llevé a casa el sobre y allí leí su contenido, consistente en media docena de páginas impresas por una sola cara:

> Disculpe este principio un poco raro. No estoy acostumbrado a escribir cartas, quise usar un modelo preestablecido y ya ve el resultado. En realidad ésta es la primera carta que escribo en mi vida y luego para imprimirla es un lío que no te aclaras, ¿vale?
>
> Hice las averiguaciones que me pidió y le cuento lo que he descubierto empezando por el principio para no confundirme.

Después de dejarle lo primero que hice fue ir a mi casa a tranquilizar a mis padres porque llevaba un par de días secuestrado y pensé que estarían preocupados pero ellos en vez de alegrarse de verme se pusieron como dos monas y me llamaron de todo y mi padre dijo que se había acabado el periodismo y andar haciendo el golfo y que mañana mismo me matriculaba en una academia de cardiología vascular. Yo le contesté que cuando uno es periodista es periodista para toda la vida y él me dijo que quién me había dicho esa chorrada y yo le dije que el señor de la gabardina y él me dijo que el señor de la gabardina se metiera en sus asuntos y otras cosas peores. Perdone el mal tono pero ya sabe cómo son los padres.

Luego me fui a casa del señor Alibey a ver a Titina. Al verme toda la familia se llevó un buen susto porque me daban por muerto. Luego Titina me llevó a su cuarto y allí no vea lo que pasó pero luego le pregunté si éramos novios y si quería que alquiláramos unas bicicletas y tal para empezar a salir pero me dijo que no, que aquello era porque yo le gustaba y había sido muy valiente pero que más no. Otra vez he creído ver lo que no era. Me he quedado un poco depre.

😢😢😢

Después Titina me contó lo que había pasado con ella cuando la secuestraron y lo que pasó después. Al saber que el secuestrado era yo, se formó un equipo de rescate con un policía vestido de mujer, un alto cargo del obispado y un tipo llamado Winston, además de la propia Titina, y ese equipo fue al taller de bicicletas donde el Bruto me tenía retenido y se disponía a darme el pasaporte pero yo ya no estaba porque usted me había sacado de allí. El que sí estaba era el Bruto que los amenazó y hubo un rifirrafe que te cagas. Llegó la policía y una ambulancia y fueron todos al hospital o a la comisaría o a los dos sitios, esto no lo entendí bien. El Bruto recuperó el conocimiento y cantó la traviata. Dijo que un tal Manolito el Sentencioso le había encargado cargarse al señor Rialles para quedarse con la pasta del señor Rialles, así que el Bruto fue a la casa del señor Rialles y encontró al señor Rialles en su despacho y le pegó un tiro y luego le puso un revólver en la mano para que todo el mundo se creyera que había sido un suicidio y no un asesinato y luego se fue corriendo y ahora está en el trullo.

En el taller de reparación de bicicletas la policía había encontrado encerrado en un armario a otro individuo, atado, amordazado, en ropa interior y en estado de desnutrición y deshidratación, el cual, recuperado en las dependencias del Hospital de Sant Pau, dijo ser el propio Manolito el Sentencioso. Es un lío ya lo sé pero todos los cabos sueltos se van atando. La policía le preguntó cómo había ido a parar al armario y él dijo que había sido atacado en una peluquería por unos desconocidos que olían a bizcocho y que le habían quitado la ropa, atado y metido a empujones en el taller y allí el Bruto le había confundido con otro y lo había metido en el armario y hasta hoy. Como este individuo era el mismo que según el Bruto había ordenado matar al señor Rialles, también fue de cabeza al trullo. El tal Manolito había acusado a la baronesa Pía de haberlo organizado todo. La policía dio orden de busca y captura y la trincaron en el aeropuerto del Prat cuando pretendía huir y otra que se fue al trullo. Siguiendo estas pistas la policía fue a casa del señor Rialles pero allí sólo encontró a la señora Rialles que les dijo que el señor Rialles se había ausentado sin decir a dónde iba ni cuándo pensaba volver. Los vecinos dijeron que unos días antes en casa de los señores Rialles había habido un guateque, que no sé lo que significa, con gente de mucha categoría y hasta con el alcalde y que todos se habían largado a la vez y con grandes prisas. La policía estuvo buscando el cadáver del señor Rialles pero no lo encontró y como sin muerto no hay delito, pues aquí no ha pasado nada, de modo que pronto soltarán a la baronesa y al Bruto y más vale que no nos los volvamos a cruzar porque deben llevar un cabreo que no te digo.

Y a mí me han vuelto a admitir en el periódico por la introducción o la intersección del señor Alibey y de monseñor Gorostiza y si mañana lee el periódico podrá leer mi primera crónica y todo gracias a usted. Chao.

10

Efectivamente, en el periódico del día siguiente aparecía una crónica firmada por Ramoncito Valenzuela, que transcribo y con la que pongo punto final a mi relato.

R. V. Barcelona. Ayer tuvo lugar en el tanatorio de Sants el sepelio del señor Juan Ignacio Rodríguez Jarana, exinspector de policía retirado por irregularidades en el cumplimiento de su deber en el cual cumplimiento falleció a consecuencia de un disparo. La ceremonia fue dirigida con mucha habilidad por el señor Alibey, encargado del protocolo en el ya citado tanatorio y padre de su hija Titina, que no pudo asistir porque estaba en el colegio. En el curso de la ceremonia tomó la palabra monseñor Gorostiza, antiguo miembro de la Comisión Episcopal para la Evangelización, Catequesis y Catecumenado en la diócesis de Barcelona, actualmente degradado y a punto de partir para su nuevo destino en Itimpampa, departamento de Cochabamba, Bolivia. El ilustre prelado en el uso de la palabra alabó las virtudes del difunto cuyas desviaciones tanto en su conducta policial como en su manera de vestir debían ser atribuidas a la sociedad y sin duda le serían perdonadas el Día del Juicio igual que a él se le haría justicia porque el escándalo que se le atribuye tiene una explicación que el arzobispado de Barcelona se niega a considerar y añadió con insistencia que siempre había sido muy discreto a la hora de elegir su indumentaria salvo cuando en su juventud se vestía de mariachi para asimilarse a la población local de Veracruz también llamados indígenas y que tampoco se había apropiado de una valiosa pintura de la escuela de Olot escondida en su despacho del obispado y habría seguido alegando su inocencia si el señor Alibey no le hubiera llamado al orden. A continuación, el ilustre prelado cantó una ranchera que decía

En su guitarra cantando
Se pasa noches enteras
Hombre y guitarra llorando

Finalizado el interludio musical tomó la palabra un hombre que dijo llamarse Winston el cual también ensalzó la figura del difunto e informó a los presentes de las ventajas de la compañía de telecomunicaciones ELGORDI S. A.

Al sepelio asistió también un hombre enfundado en una gabardina, con sombrero y gafas de sol, acompañado de su hermana, que estuvo llorando todo el rato y pegando unos gritos que no venían a cuento.

También estuvo presente en dicho sepelio el excelentísimo señor alcalde de Barcelona, el cual al término del ya repetido sepelio dijo que el consistorio había pensado conceder al difunto la Medalla de Oro de la Ciudad pero que tras un largo debate teniendo en cuenta la conducta indigna de dicho difunto y sus aberraciones se decidió conceder dicha medalla al señor Pere Vallecas que durante más de cincuenta años ha recorrido los teatros de Cataluña con un monólogo bufo basado en *La Atlántida* de Verdaguer y haciendo las delicias de grandes y chicos.

Y de este modo acabó la ceremonia.

Y yo el recuento de este sorprendente caso.